Heinrich Preschers

Die Lustigen Weiber in Wien

Heinrich Preschers

Die Lustigen Weiber in Wien

ISBN/EAN: 9783744702553

Hergestellt in Europa, USA, Kanada, Australien, Japan

Cover: Foto ©Andreas Hilbeck / pixelio.de

Weitere Bücher finden Sie auf **www.hansebooks.com**

Die
lustigen Weiber in Wien.

Ein
Sittengemählde in vier Aufzügen.

Nach Shakespear's lustigen Weiber von Windsor.

Ridendo corrige.

Wien, 1794.

Personen.

Ritter von Bausback.

Herr Möllner, ein reicher Juwelier.

Frau Möllner.

Herr Preißner, ein Aufseher bey der Porzelainfabrik.

Seine Frau.

Wilhelmine, deren Tochter.

Registrator von Bank.

Siegl, dessen Neffe.

Ende, ein sächsischer Kandidat der Theologie.

Doktor Cottillion.

Schimmer, Buchhalter bey einer Handlung.

Lene, Cotillions Haushälterinn.

Andreas, } Bediente des Ritters.
Christian, }

Der Page des Ritters.

Johann, Siegls Bedienter.

Bediente bey Möllner.

Die Handlung geht in Wien vor.

Er-

Erster Aufzug.

Erster Auftritt.

(Großes Zimmer bey Preißner.)

Bank, Siegl, Ende.

Bank (zu Ende.) Herr Kandidat! machen Sie mir keine Einwendungen. Ich will's der Polizeydirektion anzeigen. Wenn Bausback hundertmal Ritter des heiligen römischen Reichs ist; so soll er mir Karl Friedrich Wilhelm v. Bank doch nicht die Schellenkappe aufsetzen.

Siegl. Er soll Ihnen nicht die Schellenkappe aufsetzen, dem Registrator des Wiener Stadtarchivs.

Bank. Freylich, Neffe Siegl! und Stadthauptmann.

Siegl. Freylich; und Rathsverwandter oben drein; und einen gebohrnen Edelmann, der sich allzeit Karl Friedrich Wilhelm v. Bank der kaiserl. königl. Haupt = und Residenzstadt Wien geheimer Haus = und öffentlicher Archivsregistrator, Stadthauptmann, und Rathsverwandter unterschreibt.

Bank. Freylich, so unterschreib' ich mich, und hab' es von jeher vor der Erbauung der Stadt Vindobona gethan.

A 2   Siegl.

Siegl. Alle seine Successoren, die ihm vorge=
gangen sind, und alle Antecessoren die ihm nachfol=
gen werden, haben die Erlaubniß es zu thun.

Ende. Hat Sie der Ritter v. Bausback belei=
digt, so überlassen Sie es der Kirche, sie wird sich
freuen zwischen Ihnen beyden Friede und Eintracht
wieder herstellen zu können.

Bank. Die Polizey muß es wissen. Es betrifft
eine Liederlichkeit.

Ende. Hoc non decet, daß die Polizey von
einer Liederlichkeit wisse; denn wo Liederlichkeit ist;
ist keine Furcht Gottes, und die Polizey hört lieber
von der Furcht Gottes, als von der Liederlichkeit,
ergo conclusum, muß man ihr die Liederlichkeit
nicht zu wissen machen.

Bank. Ha! wär ich nur um einige 20 Jährchen
jünger, ich würde, bey meinen Rang sey es gesagt,
die Sache mit der Klinge ins Reine bringen.

Ende. Lassen wir das ohne Schwertstreich in suo
esse. Der Friede sey mit euch! Es ist mir eine
ganz andere Sache im Kopfe, die von großem Nu=
tzen seyn wird. Ja, kenne eine gewisse Wilhelmine
Preißner, die hier wohnt, die Tochter eines Auf=
sehers bey der hiesigen Porzelainfabrik, ein liebes
artiges Ding, die einem, Gott sey mit uns, auf
manche sündliche Gedanken bringen könnte, wenn
man nicht immer Gott vor Augen, und die Straf=
ruthe des Gerechten zu befürchten hätte.

Siegl. Mamsell Wilhelmine Preißner? — o du
lieber Gott! (mit dummer Freude.) Mamsell
Wilhelmine Preißner! hi hi hi! Sie hat ein blon=
des Haar, schneeweiße Zähne wie Elfenbein, kugel=

runde

runde Backen, ein paar Augen, das heiß' ich Augen!
und spricht so allerliebst wie ein Frauenzimmer.
Sie spricht oft so hoch, daß Ich sie nicht verstehe.

Ende. Ja; eben die ist es, und was der Sache
Gewicht giebt; so hat ihr, ihr Großvater, Gott
geb' ihm den Himmel! 20000 Gulden an baarem
Gelde und Geräthschaften geschenkt, wann sie 17
Jahre alt seyn wird. Wär' es also nicht gut, wenn
Sie Herr Registrator v. Bank allen Zwist bey Seite setzten, und die Heurath zwischen Herrn Adolph
hier, und der Mamsell Wilhelmine zu Stande
brächten.

Siegl. O je! O je! (*) Sie hat 20000 Gulden! da kann ich oft in die Hetze gehen, und mir
brave Jagdhunde halten. Da sollen Sie sehen lieber Onkel wie ich die Thiere alle heißen werde.
Caro, Sultan, Fidel, Bascha von Skutari, Türk,
Mahomet, Solo, Packan. Wissen Sie wie der
große Solofänger in der Hetze heißt? Greif, —
Schnapphahn — —

Ende. Lassen Sie die Hunde itzt, und denken
Sie an das Mamsellchen.

Siegl. Nachher. Lassen Sie mir nur erst die
Hunde alle nennen.

Ende. Ein andermal, lieber Herr Siegl. Der
Vater des Mädchen wird Sie noch reicher machen.

Siegl. Nu so will ich das Mädchen, wenn es
anders möglich ist, nach meinen Hunden, recht gern'
haben.

Ende.

(*) Ein Ausdruck der dummen Freude in Oestreich.

Ende. Kommen Sie, wir wollen den braven Herrn Preißner rufen lassen, denn das ist die Ursache, daß ich Sie beyde hieher geführt habe.

Siegl. Ich war nie in diesem Hause, es gefällt mir. Nur ewig Schade, daß Herr Preißner keine Hunde im Hause hat. Bey mir muß alles wimmeln von Hunden, wenn ich einmal Bräutigam bin.

Ende. Ich will Sie anmelden, weil ich bekannt bin.

Bank. Ich war auch schon einigemal hier, und kenne den Ehrenmann, ob er schon bürgerlichen Standes ist. Doch noch ein Wort: Herr Ende! wir können mit dem Heurathsantrag in die Thüre hinein fallen. Das wäre wider alle Politesse. Sie wissen wohl, daß der Adel mit der delikatesten Delikatesse zu Werke geht, indeß der Bürgerliche auf nichts sieht, was den Anstand beleidigen könnte. Genug; daß ich meinem Neffen gestatte eine Bürgerliche zu heurathen.

Siegl. Genug; daß Sie mir gestatten, eine Bürgerliche zu heurathen. Freylich.

Ende. Seyn' Sie ohne Sorge. Ich will das Meinige schon machen. (Ab in das Seitenzimmer.)

Zweyter Auftritt.

Bank, Siegl.

Bank. Itzt, lieber Neffe! vergiß dich nicht, daß du, der Vetter eines Registrators, eines Stadthauptmanns, und Rathsverwandten bist.

Siegl.

Siegl. Ich will es nicht vergeſſen, daß ich der Vetter eines Regiſtrators, eines Stadthauptmanns und eines Rathsverwandten bin. Ich will es dem Herrn Preißner, und dem Mädl gleich ſagen, ſo bald ſie herauskommen. Dann von meinen Hunden — —

Bank. Das iſt nicht nothwendig.

Siegl. Ja! das iſt nicht nothwendig. Ich will nur von Hunden ſprechen, wenn darnach gefragt wird.

Bank. So iſts recht. Vor's erſte: ſuch dich beym Mädel beliebt zu machen.

Siegl. Ich will ihr mein Windſpiel verſprechen.

Bank. Wozu das? Weißt du dich nicht auf eine andere Art beym Frauenzimmer zu inſinuiren.

Siegl. Warten Sie lieber Onkel, ich will ihr — — ja was will ich ihr — — nichts ſagen.

Bank. Das wäre auch nicht recht. Du mußt per abſolutum mit ihr reden.

Siegl. Ja ich muß per abſolut mit ihr reden.

Dritter Auftritt.

Preißner, Ende, und die vorigen.

Preißner. Ich freue mich unendlich, die Ehre zu haben, Sie wieder einmal bey mir zu ſehen Herr Regiſtrator v. Bank. (auf Siegl zeigend) Gewiß Ihr Herr Vetter?

Siegl.

Siegl. (mit einer dummen Ueberzeugung.) Gehorsamer Diener! Ich bin der Vetter eines Registrators, eines Stadthauptmanns, und eines Rathsverwandten.

Preißner. Freut mich, freut mich mit Ihnen bekannt werden zu können.

Siegl. Mich noch mehr wegen der Hunde.

Bank. (zieht ihn beym Rocke und sagt leise) Bescheiden Vetter.

Siegl. (in Verlegenheit) Bescheiden Vetter! Nicht wegen der Hunde.

Preißn. Sie sind gewiß Liebhaber von Hunden.

Siegl. O ja! Von Vorstehhunden, von Wachtelhunden, von Windspielen, von englischen Doggen, von Schafhunden, und Bullenbeißern. Die Budeln, Mopser, Spitzen, und Bolognerhündchen mag ich nicht. Apropo's haben Sie keine Hunde?

Preißn. Nein!

Siegl. Geh'n Sie doch! Sie haben gewiß Hunde. Sie wollen es nur nicht sagen.

Bank. Ist Herr Ritter v. Bausback nicht hier, wenn ich fragen darf? Er pflegt Sie, wie ich hörte, oft zu besuchen.

Preißn. Er ist eben bey mir. Ich wünschte, ich könnte unter Ihnen beyden Frieden stiften.

Ende. Das heiß' ich christlich gedacht.

Bank. Aber er hat meinen Neffen, und also mich beleidigt, Herr Preißner.

Siegl.

Siegl. Er hat mich, und also auch meinen Onkel beleidigt.

Preißn. Das gesteht er auch einigermaßen.

Bank. Mit dem ist die Sache noch nicht abgethan.

Preißn. Da kömmt er selbst.

Vierter Auftritt.

Ritter v. Bausback hinzu.

Bausb. Ah! Sie da Herr v. Bank! Sie wollen mich bey der Polizeydirektion verklagen.

Bank. Sie haben meinen Bedienten geprügelt, und meinen Neffen zum Narren gehabt.

Bausb. Aber doch nicht Ihr Weibchen geküßt.

Bank. Possen! Sie müssen mir Rede und Antwort geben. Vergeben Sie Herr Preißner, daß ich Sie wider alle Schicklichkeit in Ihrem eigenen Hause molestire.

Bausb. Gleich sollen Sie Antwort haben. Alles was Sie da sagen, hab' ich gethan. Itzt haben Sie die Antwort.

Bank. Ich will die Polizey davon informiren.

Bausb. Es ist besser, Sie sagen der Polizey gar nichts, und schweigen mäuschenstill. Foi d' Cavalier, man wird Sie auslachen.

Ende. Pauca paucis. Nur etwas gelinder.

Bausb. Verfahr' ich nicht gelinde genug? He? Monsieur Siegl! Sagen Sie mir aufrichtig: Ist

es

es nicht wahr, daß ich Sie zum Narren gehabt habe? Haben Sie was wider mich?

Siegl. Ja, das muß ich gestehen, daß es mich zum Narren gehabt hat. Herr Ritter spricht die reinste Wahrheit.

Bausb. Nun sehen Sie selbst meine Herren, daß mein Mund wahrer Mund ist.

Ende. Stille! wenn ich bitten darf. Wir wollen die Sache in Güte beendigen. Hier sind drey Schiedrichter; nämlich Herr Preißner, meine Wenigkeit, und der Gastwirth zum goldenen Lamm, bey dem eigentlich die Sache vorgegangen ist.

Preißn. Wir wollen doch nicht die Sache gemeinschäftlich mit einem Gastwirth abthun?

Ende. Das thut nichts zur Sache. Lassen Sie mich nur machen.

Bausb. Andreas, Christoph!

(Beyde Bediente zugleich eintretend) Gnädiger Herr!

Bausb. (zu Andreas) Hast du des Herrn v. Bank Bedienten geprügelt, oder (zu Christoph) du vielleicht?

Andr. Weder ich, noch Christoph, sondern —

Bausb. Ich, nicht wahr? Sehen Sie so stehts mit der Wahrheit.

Andr. Ich weiß weiter nichts, gnädiger Herr! als, daß sich Herr Siegl von allen fünf Sünden getrunken hat.

                                        Siegl.

Siegl. Ich habe mich von allen fünf Sünden getrunken.

Ende. Von allen fünf Sinnen, soll' es heißen.

Siegl. Ich will mich in meinem ganzen Leben nie wieder betrinken, als in honetten, höflichen, und artigen Kompagnien. Ich will mit denen trinken, die Gott vor Augen haben, und nicht —

Ende. Nun, das ist eine wahrhaft fromme Seele.

Bausb. Itzt sehen Sie wohl, daß alles rund weggeläugnet ist.

Fünfter Auftritt.

Frau Preißner hinzu.

Frau Preißn. Meine Herren! Sie sind sämmtlich zum Mittagmahl eingeladen.

Bausb. Ah! meine liebe Madame Preißner. Ich muß Sie küssen. Mit Erlaubniß Herr Preißner. Einen Kuß in Ehren kann Niemand wehren. (küßt sie, die sich sträubt.)

Preißn. Wir essen diesen Mittag eine Fasanpastete, und trinken guten achtundvierziger; Ich hoffe der Zwist wird weggetrunken. Kommen Sie meine Herren! (gehen ab.)

Sechster Auftritt.

Bank, Ende, und Siegl, die zurück bleiben.

Bank. Hör' Vetter! wir warten auf dich. Heurathe du das Mädchen vom Fleck weg.

Ende.

Ende. Der Antrag ist durch mich schon halb und halb geschehen. Ich habe schon präludirt.

Siegl. Lieber Herr Oheim! Sie sollen sehen, daß ich meine Sachen vernünftig machen werde.

Bank. Schon recht, aber versteh' mich nur.

Siegl. Ich versteh' Sie Herr Oheim!

Ende. Ich will Ihnen die Sache ein bischen erklären, wenn Sie Kapazität haben, mich zu verstehen.

Siegl. Ja ja, ich will thun, wie mein Herr Onkel sagt. Ich will Mamsell Wilhelmine, wenn sie auch eine Liebhaberinn von Hunden ist, auf irgend eine vernünftige Vorstellung zur Frau nehmen.

Ende. Aber sind Sie diesem Frauenzimmer auch mit besonderer Affektion gewogen. Lassen Sie uns das aus Ihrem Mündchen, oder von Ihren Lippen hören; denn manche Philosophen glauben, daß die Lippen einen Theil des Gemüths ausmachen. Sagen Sie daher ohne Scheu, können Sie dem Mädchen gut seyn?

Bank. Kannst du Sie wirklich lieben, Neffe?

Siegl. Ich habe Hoffnung, daß ich sie lieben werde, wie sich's für einen vernünftigen Menschen schickt.

Ende. O du mein Gott! Sie müssen ja positiv sprechen, ob wohl Ihre Wünsche sich auf Wilhelmine richten können.

Bank. Du willst doch das Mädchen mit einer fetten Aussteuer heurathen?

Siegl.

Siegl. Ich thäte wohl noch was größeres, wenn Sie es auf eine vernünftige Art verlangten.

Bank. Vetter, Vetter! sey doch gescheid, und versteh' mich recht. Kannst du das Mädchen lieben?

Siegl. Ich will sie von Fleck weg heurathen, wenn Sie es so haben wollen, lieber Herr Onkel! Wenn schon im Anfange die Liebe nicht ist, hört' ich oft sagen: so kommt sie schon nach und nach. Nun, ich will heurathen; ich bin ganz dissolvirt dazu.

Siebenter Auftritt.

Wilhelmine hinzu.

Wilhelm. Lassen Sie doch das Essen nicht kalt werden meine Herren! Mein Vater erwartet Sie mit Sehnsucht.

Bank. Ich werde aufwarten.

Ende. Sapperment! da muß ich beym Tisch- gebeth seyn. (gehen ab.)

Achter Auftritt.

Wilhelmine und Siegl bleiben.

Wilh. Ist es Ihnen nicht auch gefällig hinein zu kommen?

Siegl. Gehorsamer Diener! Ich danke recht herzlich. Ich befinde mich ganz wohl.

Wilh. Man wartet auf Sie.

Siegl.

Siegl. Ich habe keinen Hunger, ich habe erst vor ein paar Stunden ein Dutzend geräucherter Würste gegessen. Ich bedanke mich zum schönsten — wahrhaftig.

Wilh. Wenn ich Sie aber bitte. Sie setzen sich nicht eher zu Tische bis Sie kommen.

Siegl. Auf Ehre, ich esse keinen Bissen. Ich nehm es für genossen an. Gehorsamer Diener!

Wilh. Spazieren Sie doch hinein.

Siegl. Ich bin lieber im Vorzimmer; denn sehen Sie, ich muß es Ihnen nur aufrichtig gestehen. Ich habe mir einst am Schweinsbraten ein Eckel gegessen, und da fürcht' ich, daß Sie eben einen solchen Braten auf der Tafel haben. Ich darf ihn nur sehen den verhenkerten Schweinsbraten, so läuft mir's gleich kalt über den Rücken.

Wilh. (vor sich) Das ist ein dummer Junge! (laut) Sie haben nichts zu befürchten, wir haben keinen Schweinsbraten.

Siegl. Aber mir scheint es, als hört' ich einen Hund bellen. O die Hunde sind mein Element, und die Hetze ist ganz meine Sache. Fürchten Sie sich nicht, wenn der Raubbär losgelassen wird, wird's Ihnen nicht bange?

Wilh. (vor sich) O Gott! wie dumm. (laut) ja freylich.

Siegl. Ich fürchte mich nicht. Ich habe Courage; denn stellen Sie sich vor: Der Raubbär hätte einmal beynahe den Hetzmeister angepackt. Die Frauenzimmer kreischten, und schrieen alle um mich herum, ich aber lachte, und klatschte dem

Bären

Bären mein Bravo zu. Aber freylich können die Frauenzimmer die Raubthiere nicht leiden; es sind wirklich garstige, wilde, rauhe Geschöpfe. Hunde und Hetzen, ist mein einziges Vergnügen. Ich habe nichts gelernt. Es giebt schon manche junge Leute, sagt mein Herr Onkel! die nichts lernen.

Neunter Auftritt.

Preißner hinzu.

Preißn. Kommen Sie doch einmal Herr Siegl. Warum lassen Sie so lange auf sich warten?

Siegl. Ich esse nichts. Ich danke schönstens.

Preißn. Beym Henker! Sie müssen kommen.

Siegl. Wenn Sie durchaus befehlen; so bin ich zu Diensten. Belieben Sie voran zu gehen, Mamsell Wilhelmine!

Wilh. Das geschieht nicht.

Siegl. Ich gehe wahrhaftig nicht voran. Ich kann Ihnen den Schimpf nicht anthun.

Wilh. Ich bitte Sie.

Siegl. Wenn Sie durchaus so haben wollen. (leise zu Wilhelmine) Aber ist es auch wahr, was ich gehört habe, daß Sie eine Fasanpastete haben?

Wilh. Ja. (gehen ab.)

Zehnter

Zehnter Auftritt.

Ende, Johann.

Ende. Geh' er doch in des Doktors Cotillion Haus, er wohnt auf dem Graben Nro. ·· Nro. ·· Er wird es schon erfragen. Der Doktor ist zu bekannt, als daß man ihn nicht erfragen könnte. Bey dem Doktor, versteh' er mich wohl, ist eine gewisse Jungfer Lene. Merk' er sich den Namen.

Johann. Ganz recht, Herr Kandidat.

Ende. Geb' er ihr dieses Billet, und ersuch' er sie bey Mamsell Wilhelmine Preißner für seinen Herrn Vorbitterinn zu seyn, steck' er ihr auch bey Gelegenheit diese Herzstärkung (giebt ihm Geld) zu.

Johann. Es soll alles geschehen.

Ende. Nun will ich wieder zum Essen; denn sie warten. (gehen an verschiedenen Seiten ab.)

Eilfter Auftritt.

(Zimmer im Gasthof.)

V. Bausback, Andreas, Christoph und der Wirth.

Bausb. Was glaubt der Herr, soll ich nicht einen von meinen Bedienten abschaffen?

Wirth. Wie Euer Gnaden glauben.

Bausb. Die Kerln kosten mir zu viel. Den Christoph will ich abdanken.

Wirth.

Wirth. So nehm' ich ihn als Kellner, wenn es Euer Gnaden erlauben.

Bausb. Wie du willst.

Chrift. (leife für sich) Das hab' ich ohnehin schon lange gewünscht. Da kann ich doch genug trinken. Will schon Waffer ins Faß gießen, wenn's anfängt leer zu werden.

Bausb. Schuldig bin ich dir nichts.

Chrift. Nein, Ihro Gnaden. (geht mit dem Wirth ab.)

Bausb. Meine Börfe wird hohl, Andreas! Es ist kein anders Mittel, als ich fuche was zu erhafchen. Bald nehm' ich den letzten Reft von meinen Mutterpfenningen aus dem Beutel. Alles umfonst; ich muß mir was erwerben.

Andr. Junge Raben brauchen Futter, gnädiger Herr!

Bausb. Auch alte, lieber Andreas! Apropos! kennst du einen gewiffen Juwelier Möllner in der Stadt?

Andr. Ich kenn' ihn. Der Kerl hat Münze.

Bausb. Sieh! ich will dir's fagen, wo das hinaus will.

Andr. Doch nicht über zwey Wiener Ellen gegen Ihre Leibesdicke hinaus, gnädiger Herr!

Bausb. Scherz bey Seite. Ich gehe freylich mit meinem Bürgermeifterbauch über zwey Wiener Ellen hinaus, aber davon ist nicht die Rede. Die Rede ist von einem guten Fang den ich machen will.

B   Kurz,

Kurz, und gut; ich habe mir vorgenommen mit der Frau Möllner eine kleine Liebesintrike zu spielen. Ich habe schon etwas zum voraus. Sie spricht immer mit mir, lächelt freundlich auf mich, und wirft einladende Seitenblicke. Wenn ich den nicht wenig vertrauten Ton ihres Gesprächs, und ihr feines aufforderendes Betragen gegen mich überdenke; und wenn ich das Ding in unsere reine deutsche Muttersprache übersetzen will, so bring' ich für mon honneur nichts anders heraus, als die Worte: Ich liebe Sie guter Ritter.

Andr. Sie können vortrefflich übersetzen, gnädiger Herr!

Bausb. Man sagt, daß sie mit dem Gelde ihres Mannes viel zu disponiren habe. Da soll's Kremnitzer geben, wie auf der Münze. Hier hab' ich einen Brief an sie geschrieben, und hier einen an Frau Preißner. Ich hätte sollen heute da speisen, aber ich habe mirs durchaus verbethen, weil ich mit den Briefen eilen wollte. Schmiede so lang das Eisen glüht, sagt das Sprüchwort. Diese charmante, obzwar etwas ältliche Madame hat mich auch mit nicht gleichgültigen Augen betrachtet. Sie schien meine Bildung mit dem Auge eines Kunstrichters, eines Mahlers der nach schönen Idealen hascht, zu untersuchen. Zuweilen beschien ihr strahlender Liebesblick meine fetten Waden, zuweilen die Peripherie meines Bauches. (*)

Andr. Da schien also die Sonne, vergeben mir Euer Gnaden die Comparaison; es ist so übel nicht gemeint, auf einen Misthaufen.

(*) Ich find' es nicht überflüssig, wenn ich den Schauspieler bitte sich in der Rolle des Bausbacks, keinen Wanst bis zur Karikatur zu machen; denn viele pflegen sehr zu übertreiben.

Bausb. Danke! So impertinent der Gedanke ist; so ist er doch nicht übel.

Andr. Halten's zu Gnaden.

Bausb. Ich verzeihe dir. Hör' weiter: Sie durchgieng mein äußerliches Ansehen mit einer so großen Aufmerksamkeit, daß ich ihr Wohlgefallen an meiner Figur deutlich wahrnahm. Sie hat auch die Ehre über die Chatoulle ihres Eheherrn zu gebiethen. Sie ist eine Goldgrube, aus der ich Gold holen will. Ich habe mir vorgenommen, beyde Weiber zu benützen. Sie sollen mir mein Ost = und Westindien werden; denn ich will nach beyden meine Handlungs=geschäfte richten.

Andr. Das ist ja nicht anders, als hätten Euer Gnaden einen Zauberdrachen erlegt, und alle Reich=thümer der Unterwelt erobert.

Bausb. Nicht anders. Itzt segle, wie eine Fregatte so eilfertig an diese eroberten Goldküsten. Hurtig! mach dich fort, verschwinde wie Nebel beym Durchbruche der Sonne. Lauf! such' Schutz für mich, und dich. (geht ins Seitenzimmer ab.)

Zwölfter Auftritt.

Andreas, Christian hinter.

Andr. Der will ja alle Weiber Wiens in Kontribution nehmen. Nu, wenn's nur gelingt.

Christ. (steckt den Kopf zur Mittelthüre herein) Ist dein Herr nicht hier?

Andr. Komm nur vollends herein.

B 2 **Christ.**

Chriſt. Ich habe deinen Herrn ein bischen belauſcht.

Andr. Haſt du was gehört?

Chriſt. Nicht alles, aber doch genug. Wie wär's (ſieht umher) werden wir nicht behorcht?

Andr. Nein.

Chriſt. Wie wär's alſo, im Vertrauen geſagt, wenn wir die ganze Sache, dem Herrn Möllner, und Preißner entdeckten, und ihnen riethen, daß ſie auf ihrer Hut ſeyn möchten.

Andr. Da will ich nichts wiſſen.

Chriſt. Sieh, lieber Andreas! ich kann es deinen Herrn nicht vergeſſen, daß er mich den verfloſſenen — ſo jämmerlich ſchuhriegelte, und daß er mich heute, ob es mir ſchon lieb iſt, doch ſo mir nichts, dir nichts abdankte.

Andr. Daß er dich brav prügelte; hatt' er gar nicht unrecht; denn du warſt verdammt impertinent, und daß er dich heute abdankte, hat auch ſeine guten Urſachen. Zwey Bediente, und einen Page zu halten, läuft hoch ins Geld. Du weißt, daß Wien ein theures Pflaſter iſt. Wenn man nicht nachſchieben kann, wie der Fall bey meinem Herrn iſt, ſo ſieht's Schmalhanns Küchenmeiſter aus. Man muß jeden Pfenning zu Rathe ziehen. Ueberdieß hab' ich dem Ritter immer treu und ehrlich gedient, ihm nie den Strohſack vor die Thüre geworfen (*), wie du's ſchon oft gethan haſt.

Chriſt.

(*) Ein öſtreichiſcher Provinzialausdruck, der ſo viel ſagen will, als: nie den Abſchied verlangt.

Chrift. Geh! mit dir ift kein gefcheides Wort zu reden. Thu, was du willft, und ich thu auch, was ich will, und fo find wir quitt. Adjes Mußje Andreas! (geht ab.)

Andr. (ihm nachrufend) Adjes Mußje Chriftian. Nur das fag' ich dir, daß wenn du dich in die Sachen meines Herrn mengft, ich dir gewiß den Hals brechen werde. (ab)

Dreyzehnter Auftritt.

(Zimmer bey Cotillion.)

Lene, Michel und Johann.

Lene. Geh er doch einmal ein bischen ans Fenfter, lieber Michel! und feh' er zu, ob er meinen Herrn den Doktor nicht kommen ficht. Gott fteh' uns bey, wenn er käme, und Jemanden im Haufe fände, da wäre Feuer im Dach.

Mich. Ich will fchon darauf acht haben.

Lene. Er foll dafür einen recht guten Kalbsbraten haben, den ich für uns gebraten habe, den foll er mit mir verzehren helfen, fo bald der Alte zu Bette ift. (Michel geht ab.) Eine gute, ehrliche, und dienftfertige Haut ift der Michel. Kein Poftenträger, kein Friedenftöhrer. Sein einziger Fehler ift, daß er manchmal zu tief ins Glas guckt. Von der Seite ift er oft mit unter etwas mürrifch, aber Niemand ift ohne Fehler, wir find alle arme Sünder. Das, hat nicht viel zu bedeuten. Alfo Johann Links ift fein Name.

Joh. Ja, weil ich keinen befferen habe.

Lene.

Lene. Und ist bey Herrn Siegl in Diensten.

Joh. Ja.

Lene. So so! hm hm hm. Ist er nicht mittlerer Statur, hübsch gewachsen? schlank wie eine Rebe, wie ich in einem gewissen Buche gelesen habe.

Joh. Trifft alles ein, wie Sie hier sagt.

Lene. Ein stiller, sanfter Jüngling, nicht wahr?

Joh. Aber ein Extrakt von einem Hunde = und Hetzliebhaber. Ich glaub, er gäb' ein Dutzend Weiber um einen Bullenbeißer.

Lene. So so! hm hm! Jedem gefällt das Seinige. Trägt er nicht den Kopf gewissermaßen in die Höhe?

Joh. Er sieht immer nach dem was fliegt, nicht nach dem was kriecht; und dann geschieht's auch oft, daß er stolpert, oder wohl gar auf die Nase fällt. Wie's kömmt; er nimmt's nicht so genau.

Lene. O du lieber Gott! wer wird alles so genau nehmen, da hätt' unser einer viel zu thun.

Joh. Das glaub' ich selbst.

Lene. Sag' er also mein lieber Johann Links, daß ich mich dem Herrn Kandidaten Ende gehorsamst empfehlen ließe, und daß ich in Rücksicht der Mamsell Wilhelmine Preißner alles thun werde, was in meiner Macht steht. Sie ist ein gutes Mädchen, und ich hoffe also, daß sie eine so vortheilhafte Parthie mit seinem Herrn nicht ausschlagen wird.

Joh. Hier eine kleine Herzstärkung von dem Herrn Kandidat. Das mehrere wird nachfolgen. (giebt ihr Geld.)   **Lene.**

Lene. Gehorsame Dienerinn. Meinen Respekt an seinen Herrn. O! es ist all' zu viel, zu viel Gnade für so wenig Meriten. Ich will mein Möglichstes thun. Hät's auch ohne seiner Großmuth gethan.

Michel (gelaufen) Um Gottes Willen! Unser Herr kömmt.

Lene (erschrocken.) Schöne Historie! Nu, itzt sey mir Gott gnädig! Geh' er lieber Johann' ins Seitenzimmer. (schiebt Johann ins Seitenzimmer und verschließt es.) Der alte wird sich nicht lange hier aufhalten, nur Geduld. (Sehr laut.) Michel, Michel, Michel! geh' er, und frag' er nach meinem Herrn. Ich fürchte immer, es fehlt ihm was, weil er so spät nach Hause kömmt. Es ist mir so gewiß bange. Ich muß mir die Grillen mit dem Singen verjagen. Tralabiridum! (singt)

Vierzehnter Auftritt.

Doktor Cotillion hinzu.

Cotill. Warum singt Sie? Ich nicht leiden kann diese Possen. Geh' Sie in mein Kabinet und bring' Sie mir das groß Glas mit Tinktur, versteht Sie mir, das groß Glas mit Tinktur.

Lene. Ich versteh' Euer Gnaden schon. (für sich) O wie bin ich froh, daß er nicht selbst hinein gieng.

Cotill. Ma foi, il fait fort froid, (reibt sich die Hände.)

Lene (bringt eine Flasche mit Medizin.) Hab' ich die rechte?

Cotill.

Cotill. Oui; metez le à ma Tasche. Depechez hurtig. Wo ist Michel?

Michel. Hier Euer Gnaden.

Cotill. Que j'ai oublié? — Ich hab' gewisse Arcana in mein Kabinet, die ich komm lassen dahinten, um die ganze Welt.

Lene. O weh o weh!

Cotill. (geht ans Kabinet) Es ist zugesperrt. Hat Sie den Schlüßl — Gieb Sie mir den Schlüßl.

Lene. (reicht ihm den Schlüßl.)

Cotill. (von innen) Que diable! je suis petrifié. Ah Coquin! was du machst hier? (schleppt Johann heraus.)

Lene. Seyn' Euer Gnaden doch ruhig.

Cotill. Warum?

Lene. Der Mensch da ist eine ehrliche Menschenhaut.

Cotill. Was hat die ehrliche Menschenhaut zu suchen in mein Kabinet. Wer ist ein ehrlicher Mensch, der nicht kommt zu suchen in mein Kabinet, versteh' Sie mir?

Lene. Beruhigen sich Euer Gnaden doch, und hören Sie erst den ganzen Zusammenhang der Sache. Er hat mir etwas von dem Kandidat Ende gebracht.

Cotill. Weiter.

Joh. Auf Ehre, gnädiger Herr! um die Jungfer Lene zu ersuchen, daß —

Lene. Stille, stille!

Joh.

Joh. Daß sie —

Cotill. Va ten! Lene soll sprechen, und du schweigen.

Joh. Daß Sie bey Mamsell Wilhelmine Preiß-ner eine Vorsprecherinn sey, weil sie mein Herr heu-rathen will.

Lene. Das ist nun alles. Aber ich will mich wohl in Zukunft hüten, mich in Sachen zu mischen, die nicht meines Amtes sind. Vergebung Euer Gnaden!

Cotill. Also der Kandidat Ende hat dich geschickt. Michel! baillez moi etwas Papier. Allon! sor-tez donc. (zu Joh.) Du mußt warten hier, bis ich komme zurück. (geht in das Seitenzimmer) *)

Lene. O wie bin ich froh, daß alles noch so gnä-dig abgelaufen ist. Ich dachte immer, er würde uns das Haus über'n Kopf anstecken. Sey er gutes Mu-thes Johann! Ich will demnach für seinen Herrn thun, was ich kann. Der französische Herr Doktor mein Herr, ist im Grunde nicht so böse, als man's glauben mag. Er meint's nicht so übel. Sieht er, ich führ' ihm seine ganze Hauswirthschaft. Ich wasch' ihm, feg' ihm die Zimmer, backe, scheure, mache das Essen, und seine Betten, und das thu' ich alles allein, ohne Gehülfen.

Joh. Nu, da hat ja die Jungfer viele Arbeiten zu besorgen.

Lene.

(*) Der Schauspieler darf den Doktor nicht so gebro-chen sprechen, wie man sonst gewöhnlich Franzosen auf der Bühne karaterisirt. Er spricht nur sehr schwer deutsch, das man merken muß, aber nicht gebrochen

Lene. Allerdings. Da heißt's immer: früh auf-
stehen, und spät zu Bette gehen. Ich möcht' ihm
gern' etwas anvertrauen, wenn er verschwiegen seyn
kann.

Joh. Will stumm seyn, wie ein Fisch.

Lene. Also, aber er schweigt doch. Mein Herr
ist selbst in das Mamsellchen geschossen.

Joh. Der Herr Doktor in das Mamsellchen! ha
ha ha! das wär' ein Pärchen, wie der December
und May.

Lene. Ja wohl! das Gott erbarm!

Cotill. (im Hereintreten zu Johann) Gieb
dieses Billet an den Herrn Kandidat Ende. Pardieu! es ist eine Ausforderung. Ich will den Candidatus Theologiæ vertreiben die Lust, sich zu men-
gen in eine Affaire, die ihm nichts geht an. (Johann geht ab.)

Lene. Aber, du lieber Gott! er spricht ja nur
für seinen Freund.

Cotill. Schweig still, oder Diable m'emporte,
ich will dir schweigen machen. Ich heurathen will
selber la Mademoiselle Preisner.

Lene. Das Mamsellchen liebt Euer Gnaden,
wie sich selbst, ich weiß es. Nur Geduld, es wird
sich alles geben. Mir müssen uns die Leute reden lassen. Was geschehen soll, geschieht doch.

Cotill. Michel! Komm mit mir. (zu Lene)
Ich dir sag' alte Lene, wenn ich nicht bekomm zur
Frau das Mamsellchen, ich dich werfen will, aus
mein Haus. Komm Michel! (geht mit Michel ab)

Lene.

Lene. Alte Lene!, sieh' doch einmal, alter Kna=
sterbart! Alte Lene! Bin ich denn alt? Noch nicht
52. Ist das ein Alter für ein Frauenzimmer, die
noch manche Eroberungen machen könnte, wenn sie
wollte, aber ich will mich nur nicht versündigen. Ehr=
bar und züchtig in der Welt gelebt, bringt Gottes
Lohn. Mithin weg' von mir ihr bösen Gedanken,
alles aus dem Sinn geschlagen. Aus dem Hause will
er mich werfen, wenn er das Mädl nicht kriegt, da
wischen, sich Euer Gnaden hübsch das Mäulchen.
Der fette Bissen von einem lieben Aeffchen gehört für
Jemand andern für keinen alten grießgramigen Dok=
tor, noch weniger für einen französischen; denn die
Nation sagt man itzt, ist, Gott sey bey uns, mit
dem Teufl — — ich hätt' bald Teufl gesagt, beses=
sen. Kein weibliches Geschöpf in ganz Wien hat je=
mals Minnchens weiches Herzchen besser gekannt, als
Lene, kein Frauenzimmer mit dem allerliebsten Püpp=
chen mehr anfangen können, als eben Lene.

Fünfzehnter Auftritt.

Schimmer hinzu.

Schimmer. Guten Abend liebe Jungfer Lene!
Wie gehts, wie gehts?

Lene. Ihre Dienerinn, Herr Schimmer! de=
sto besser, weil Sie sich nach meinem Befinden zu
erkundigen belieben.

Schimmer. Was haben Sie neues? was macht
meine liebe Minna?

Lene. Sie ist hübsch munter, und Ihre gute
Freundinn.

Schim=

Schimmer. Was glauben Sie, liebe Jungfer Lene! wird es gut für mich ausgehen, werd' ich nicht vergebens um das Mädchen anhalten? Man hat nicht so leicht Eintritt, in das Haus ihrer Aeltern, vorzüglich ein junger Mensch in meiner Eigenschaft.

Lene. Das thut nichts zur Sache. Der liebe Herrgott da droben hat alles in seinen Händen. Bey allen dem möcht' ich Ihnen auf meine Ehre schwören, daß sie Ihnen recht gut; denn Sie sprach recht oft vortheilhaft für Sie. O das gute liebe Mamsellchen, ein wahrer Schatz für einen braven Mann. Haben Sie nicht ein Muttermahl an der Unterlippe?

Schimmer. Und was soll's mit dem Muttermahle?

Lene. O davon hätt' ich Ihnen, viel, recht sehr viel zu erzählen. Ein wahrhaftig dröllichtes Mamsellchen, aber eine ehrliche Haut von einem Mädchen. Wir plauderten über zwey Glockenstunden über das Muttermahl an der Unterlippe. Ich muß mich zu todte lachen, wenn ich bey dem Mamsellchen bin. Sie ist so gewiß zurückhaltend, und mürrisch; aber gegen Sie — — — Fassen Sie Muth!

Schimmer. O wenn ich Hoffnung hätte, wer wär' auf der Gottes weiten Welt glücklicher als ich. Ich muß Minna heute noch sehen, wenn ich alles daran wagen sollte. Hier liebe Jungfer Lene haben Sie etwas (giebt ihr Geld) erhalten Sie mich in Ihrem Andenken, und sprechen Sie ein gutes Wort für mich.

Lene.

Lene. Zu viel! das hab' ich ja nicht verdient. Ich will Ihnen noch mehr von dem Muttermahl erzählen, das nächstemal, so bald wir einander wieder sprechen, und dann auch ein Wort von den übrigen Freyern, die um das gute Mamsellchen herumflattern, wie Schmetterlige.

Schimmer. Es soll mich freuen — Itzt gute Nacht liebe Jungfer Lene, gute Nacht.

Lene. Ganz ergebenste Dienerinn! Lassen Sie sich was Gutes träumen. (Schimmer geht ab.) Ein braver herrlicher Mann; aber Wilhelmine mag ihn auch nicht; ich kenne des Mädchens Herz, so gut als ein anderer — — — Mein alter Doktor soll ja gewiß von allen Freyern am wenigsten kriegen; so wahr ich eine Jungfer bin. Alte Lene, alte Lene! Das kann ich dem Knasterbart nicht vergessen. Alte Lene! Alte Lene! (ab)

Ende des ersten Aufzugs.

Zwey⸗

Zweyter Aufzug.

Erster Auftritt.
(Großes Zimmer bey Preißner.)

Frau Preißner allein.

Es ist doch wirklich sehr komisch, daß ich in mei=
nen alten Tagen noch zu einen Liebesbrief komme.
Ich und ein Liebesbrief ha ha ha! Ich muß den In=
halt doch noch einmal durchgehen. (liest) „Liebes
„Herzensweibchen!" Der Eingang klingt nicht
übel! (liest weiter) „Ich bitte Sie um alles in
„der Welt fragen Sie mich um keine vernünftigen
„Gründe, warum ich Sie liebe, gutes Weibchen;
„denn wenn ich vor dem Richterstuhle der Herren
„Philosophen alter und neuerer Zeiten stehen müßte,
„so würd' ich doch keine gescheide Ursache hervor=
„bringen können, warum Sie mir Alles sind. Sie
„sind nicht mehr jung, und ich auch nicht. Sehen
„Sie also was sich ins Spiel mischt — die leibhafte
„Sympathie. Sie sind voll rosenfarben Humors,
„ich auch — wieder nicht mehr noch weniger, als
„Sympathie. Sie sind gerne in Gesellschaft, schla=
„gen keine unterhaltende Parthie aus, ich thu das
„nämliche, ist das nicht wieder Sympathie? Sie
„fahren gerne in die Redoute, ins Theater, ma=
„chen gerne ein Spielchen L'ombre mit; ich auch
„—— abermal Sympathie, und nichts als Sym=
„pathie, ohne der keine Liebe bestehen kann. Die
                                        „Ur=

„Urquelle der Liebe reißt mich zu Ihnen hin, liebes
„Weibchen! keine Nebenabsicht, nur lautere, reine
„platonische Liebe, tout enfin alles, was den Ein-
„klang der Herzen fördern, und den Genuß höchster
„Seligkeiten verschaffen kann. Ich bin ein natür-
„licher Kerl meine Beste! ich mache nicht viel Um-
„schreibungen. Ich sag' es gerade heraus, daß ich
„Sie liebe, und wenn Sie mir erlauben, mich ei-
„nes romantischen Ausdrucks bedienen zu dürfen,
„daß ich sie anbethe, und für Sie sterbe, wenn Sie
„es haben wollen.

„Herzchen laß' dich küßen,
„Und noch heut beschließen,
„Daß wir uns ewig lieben wollen,
„Herzen, drücken, küßen sollen.

„Ihr ewiger Verehrer
„Ritter Franz v. Bausback.

Ein schnurriges Billet! aber es sieht den Wanst
ähnlich wie ein Wassertropfen dem andern. Bey allen dem geht der Kerl doch sehr unüberlegt zu Werke.
Aber was hat er denn aus meinem Gespräch heraus-
gepickt, daß er solch einen Angriff wagt. Mein Betragen war doch nicht so ausgelassen. Ich besinne
mich nicht ihm Gelegenheit zu einer ähnlichen Dreistigkeit gegeben zu haben. Verzeih mirs Gott! man
sollte doch der Polizey recht sehr in Ohren liegen,
daß sie über korpulente Mannspersonen ein größeres
Augenmerk hätte.

Zweyter Auftritt.

Frau Möllner hinzu.

Fr. Mölln. Vergeben Sie mir liebe Freundinn,
daß ich Ihnen so früh beschwerlich bin.

Fr. Preißn. Sie kommen mir nie zur Unzeit.

Fr. Mölln. Stellen Sie sich einen Spaß vor.

Fr. Preißn. Doch keine Liebeserklärung.

Fr. Mölln. Sie haben es errathen Weibchen! das heiß ich mir eine Rathsmänninn!

Fr. Preißn. Nu da wären wir ja in einem Falle.

Fr. Mölln. Nennen Sie mir Ihren Galan.

Fr. Preißn. Da müssen Sie rathen — — — Er heißt —

Fr. Mölln. Ritter — — v. — — Bausback. Nicht so?

Fr. Preißn. Leider Gott! der wohlbeleibte Ritter. Stellen Sie sich die Keckheit vor!

Fr. Mölln. Eben auch der Meinige.

Fr. Preißn. Wie sich seine ritterliche Gnaden so was unterstehen können.

Fr. Mölln. Still, still, Weibchen! wär' der Ritter ein schlanker Ganymed, und hätte nicht viel über 20 Jährchen auf den Rücken — — ich weiß nicht Weibchen, ob er eben eine ganz abschlägige Antwort bekäme.

Fr. Preißn. Schäckerinn! ich werde mich doch nicht in meinen alten Tagen dem Gelächter bloßstellen.

Fr. Mölln. Man giebt sich ja nicht gleich dem Gelächter preis, wenn man die Sache hübsch geheim hält. Ich könnte itzt mit leichter Art in den Ritterstand erhoben werden, wenn ich dem Ritter Gehör geben möchte.

Fr.

Fr. Preißn. Was für ein Wind muß den Menschen nach Wien gebracht haben?

Fr. Mölln. Vermuthlich ein Sturmwind.

Fr. Preißn. Sie können bey dieser Affaire noch scherzen?

Fr. Mölln. Sagen Sie mir doch, um alles in der Welt, was soll' ich denn sonst thun?

Fr. Preißn. Lesen Sie doch den Brief, den er mir schrieb. (giebt ihr den Brief.)

Fr. Mölln. Lesen Sie den meinigen. (giebt ihr den ihrigen.)

Fr. Preißn. (indem sie ihn übersieht) Gerade wie der meinige.

Fr. Mölln. Von Wort zu Wort wie mein Billet. Das ist schnackisch. Wissen Sie was —

Fr. Preißn. Aber was muß er sich denken, hat er denn alle gesunde Vernunft verloren? Konnt' er denn nicht glauben, daß wir einander, da wir Freundinnen sind, die Briefe zeigen würden?

Fr. Mölln. Darauf hat er nicht gedacht. Mir scheint, der gute Mann mag nicht so ganz richtig hier (auf die Stirne deutend.) seyn. Wissen Sie was, Weibchen! Es wäre das beste, wenn wir den Narren; denn sonst ist er weiter nichts, mit leerer Hoffnung hinzu hielten, bis wir ihn auf einmal, eh er sichs versieht, auf eine lächerliche Art beweisen, daß er kein Brocken für uns sey. Kurz; wir wollen Komödie mit ihm spielen, und uns auf seine Kosten recht lustig machen. Dabey erhalten wir unsere Ehre, und der Herr Ritter mit der dicken Figur,

C

zieht

zieht mit einem tüchtigen Merks ab. Ich glaube immer, Geld, das allernöthigste Bedürfniß, hat ihn zu diesen Schritt verleitet.

Fr. Preißn. So ein Rath läßt sich hören. Ich bin ganz d'acord. Ich wette der Mensch hat mehr als 1000 solcher Briefe nach einem Model gegossen, um damit die Weiber von ganz Wien in Kontribution zu setzen.

Fr. Mölln. Wohl möglich; wer weiß, wie viel wir begünstigte Nebenbuhlerinnen haben.

Fr. Preißn. So ganz recht ist mir die Sache doch nicht; denn er muß doch einen Flecken, den ich selbst nicht wüßte, in meinem Betragen bemerkt haben; sonst könnt' er unmöglich so dreist gewesen seyn.

Fr. Mölln. Ey, ey, ey! Wie Sie das Ding gleich so übel nehmen. Lassen Sie den Narren, wir lachen uns ins Fäustchen, und schicken den falschen Wechsel mit Protest zurück.

Fr. Preißn. Wir müssen ihn zu einen Rendezvous bestellen, ihm gleichsam immer vertrösten, bis wir ihn in der Falle haben.

Fr. Mölln. Ich bin zu allen muthwilligen Streichen bereit, wenn sie unserer Tugend und Ehre nicht nachtheilig sind. Wenn mein Mann diesen Brief lesen möchte. Nimmermehr würd' ihn die Eifersucht verlassen, und wenn mein Galan so häßlich wie Poliphem wäre.

Fr. Preißn. Aber ich höre meinen Mann, und Herrn Möllner kommen. Mein Mann ist weit entfernt von Eifersucht. Ich hab' ihn zwar auch keine Gelegenheit gegeben eifersüchtig zu seyn.

Fr.

Fr. Mölln. Wie glücklich sind Sie Weibchen! Mein Mann ist gerade das Gegentheil.

Fr. Preißn. Lassen Sie uns ein bischen Rath halten, wie wir die dicke Figur ein bischen in die Enge treiben können. (gehen ins Seitenkabinet ab.)

Dritter Auftritt.

Möllner, Preißner, und Christian als Kellner.

Mölln. Ich glaube immer, daß es nicht wahr ist.

Christ. Es wäre gut, wenn Sie es glauben könnten. Genug! ein für allemal, der Herr Ritter v. Bausback steht Ihrer Frau nach, so wahr ich ein ehrlicher Kerl bin.

Mölln. Aber zum Henker! meine Frau ist ja nicht mehr jung, wie kann er sie lieben?

Christ. Er liebt nicht sie, er liebt ihre Börse. Im gleichen Fall stehen auch Sie Herr Preißner, er sucht bey Ihrer Frau Gemahlinn anzubinden. Meine Herren! bloß Ehrlichkeit hat mich dazu bewogen, es Ihnen zu sagen, sonst hätt' ich es mein Lebetag verschwiegen. Es steht bey Ihnen es zu glauben, oder nicht. Daß es aber die reinste Wahrheit ist, was ich spreche, wird Ihnen die Zeit zeigen.

Mölln. Ich will alles ausfindig machen.

Preißn. Und ich mir kein graues Haar wachsen lassen, will in Ruhe mein Pfeifchen Toback rauchen, und den lieben Herrgott einen guten Mann seyn lassen.

Mölln. Das heiß ich Resignation!

Preißn.

Preißn. Besser, als die Finger ans Licht halten — So lang michs nicht brennt will ich nicht löschen.

Christ. Halten's zu Gnaden meine Herren, ich empfehle mich. (ab.)

Preißn. Der Kerl hat eine Schurkenseele, wer kann ihm glauben.

Mölln. Ich wünschte, daß er gelogen hätte, aber —

Preißn. Ich könnte den Kerl nicht glauben, wenn ihn auch der Bürgermeister rekommendirte.

Mölln. Mir scheint er ein ehrlicher Kerl zu seyn.

Vierter Auftritt.

Die vorigen, Frau Möllner und Frau Preißner aus der Seitenthüre.

Preißn. Ah! du bist ja zu Hause!

Fr. Preißn. Du bleibst wohl itzt bey mir?

Preißn. Vor itzt nicht, meine Liebe! aber ich komme bald wieder. Ich habe kleine Verrichtungen in der Fabrike.

Fr. Mölln. Du siehst so verdrießlich aus, Männchen! was fehlt dir?

Mölln. Mir? Nichts — Geh zu Hause.

Fr. Mölln. Du hast gewiß Grillen?

Mölln. Die vertreibt man ja mit Quecksilber und Erbsen, wie es in der Komödie heißt. Aber ich
hab'

hab' keine Grillen — im Hause wenigstens keine — (für sich) hätt' ich sie nur nicht im Kopfe.

Fr. Preißn. Da kömmt ja Lene, (zur Frau Mölln. leise) die wollen wir zum Eilboten an den Herrn Ritter machen.

Fr. Mölln. (zu Lene, die eben hereintritt) Gut, daß Sie kömmt, Jungfer Lene.

Fr. Preißn. Sie kömmt gewiß meine Tochter zu besuchen?

Lene. Aufzuwarten. Was macht denn das liebe Mamsellchen?

Fr. Preißn. Wir haben Ihr viel zu sagen, komm Sie nur mit uns. (Die 3 Frauenzimmer gehen ab.)

Fünfter Auftritt.
Preißner, Möllner.

Preißn. Nu wie stehts?

Mölln. Haben Sie es gehört, was der Kellner sagte?

Preißn. Ja, das hab' ich.

Mölln. Glauben Sie wohl, daß man dem Menschen trauen kann?

Preißn. Ein Schurk ist der Kerl, ich glaub' ihm kein sterbens Wort. Glaube gar nicht, daß der Ritter mit unsern Weibern was vor hat. Wissen Sie denn nicht, daß diesen Purschen Bausback abgedankt hat. Er ist ein Spitzbube der ganze Kerl, so weit ein Leben in in ihm ist. Wer weiß, was ihm die Rache nicht alles eingiebt. Mölln.

Mölln. War dieser Mensch Bausbacks Bedienter?

Preißn. Freylich, war er's.

Mölln. Hören Sie lieber Freund! mir gefällt die ganze Sache darum, um kein Haar besser. Wo wohnt der Bausback?

Preißn. Zum goldenen Lamm in der Singerstrasse. Ich bin bey der Affaire ganz neutral. Ich will den Ritter ohne weiters zu meiner Frau gehen lassen, was er über Dutzend Schimpfwörter erhält, nehm' ich auf mich.

Mölln. Ich bin zwar nicht mißtrauisch, aber zusammenkommen mit meiner Frau laß' ich den Ritter doch nicht. Ich nehme nichts auf, bin auch nicht so leicht zufrieden. Der fünfe gerade seyn läßt, ist, verzeihen Sie mir lieber Preißner, ein —— Ich mag's nicht sagen. Soll' ich etwa warten bis man mich um 12 Uhr ins Rathshaus schickt. Gehorsamer Diener, bedanke mich schönstens für die Ehre. Man muß den Weibern nicht zu viel Freyheit geben, sonst wachsen sie unser einem über den Kopf. Weh uns! wenn sie die Oberhand behalten. Da werden wir zuletzt ihre ganz unterthänigste Diener, und müssen es uns gefallen lassen, wenn sie uns den Rücken brav aufladen. Pack auf, pack auf liebes Weibchen! ich bin ja geduldig wie ein E... Ja die Weiber, die Weiber! die sind nur so lange erträglich, so lange sie im Gleichgewicht erhalten werden; überschnappt nur ein bischen die Schale, so können wir sehen, wie wir sie wieder ins Gleichgewicht bringen.

Preißn. Sie halten keine unebne Apologie auf die Weiber. Wenn das eine von ihnen gehört hätte.

Ich

Ich weiß nicht wie wir, unter uns gesagt, zu Rechte gekommen wären.

Sechster Auftritt.

Bank hinzu.

Bank. Sie vergeben mir, meine Herren! daß ich Sie beläßige.

Preißn. Nicht im geringsten Herr von Bank. Nehmen Sie Platz, wenn es gefällig ist. (Seßt Stühle.)

Bank. Ich danke ergebenst, bin nicht müde. Stellen Sie sich vor meine Herren! es wird duellirt, zwischen dem Herrn Doktor Cotillion, und dem Herrn Kandidat Ende.

Preißn. und Mölln. Ey, was sagen Sie Herr v. Bank?

Bank. Nicht anders. Der Doktor hat den Kandidaten herausgefordert, weil er sich um Mamsell Wilhelmine für meinen Neffen bewirbt.

Preißn. Welch ein furchtbarer Ritter ist der Doktor. Das hätt' ich mein Lebetag nicht geglaubt. Wahrhaftig ein närrischer Auftritt.

Mölln. Eben fällt mir was ein. Der Wirth zum goldenen Lamm, der kennt mich doch nicht, und wenn er mich auch kennt, so will ichs schon machen, daß er mich nicht kennt. Ich gebe mich bey Ritter v. Bausbach für einen fremden Kaufmann aus, um zu erforschen wie er denkt.

Bank. Da wird gewiß etwas Lustiges daraus.

Mölln.

Mölln. Demnach's kömmt. Ja wenn Sie meine Intention wüßten.

Preißn. Die geht ins super-superfeine Herr v. Bank.

Mölln. Spotten Sie nur. Ich bin gerne vorsichtig. Tantum caute.

Preißn. Si non caste. Ja so müßt' es wohl auch ein gewisser machen, wenn noch was an der Sache ist.

Bank. Was haben Sie denn da, meine Herren! Sie thun ja so geheimnißvoll.

Preißn. Ja, du lieber Gott! es giebt schon zu Zeiten gewisse Geheimnisse die —

Bank. ein Dritter nicht hören darf. Ich will also nicht länger beschwerlich fallen, ich empfehle mich.

Preißn. Behüte der Himmel. Das war ja nicht auf Sie gemünzt.

Bank. Das will ich schon glauben, aber ich habe itzt Eile, ich muß dem Duell beywohnen. Die Absicht meines Hierseyns, war nur Sie von dem Duell zu präveniren, ergebener Diener. (geht ab.)

Preißn. Ich will Sie begleiten Herr v. Bank.

Bank. Soll mir lieb seyn. Folgen Sie nach lieber Möllner. (ab.)

Mölln. (nachrufend) So bald ich kann. (nachdenkend) Obschon der gute Preißner alles seinem Gange nach gehen läßt, und mit so festem Glauben sich auf die Treue seiner Ehehälfte verläßt, so will

mir

mir die Sache doch nicht aus dem Kopfe. Meine Frau war bey die Preißners in Gesellschaft vor einigen Tagen. Was sie da gemacht haben, weiß der liebe Himmel, so viel weiß ich, daß der fette Ritter auch da war; denn das hat mir meine Frau selbst gesagt. Gut! ich muß die Sache genauer untersuchen; muß meinen Bedienten zu dem Lammswirth kommandiren, daß er mich ja nicht verräth, wenn er mich kennen sollte. Will den Kerl 3 bis 4 Boutelien Rheinwein schicken, da schweigt er gewiß. Find ich nun, daß meine Frau unschuldig ist, so war meine Untersuchung nicht vergebens, ist sie schuldig, so will ich — — ja was will ich denn, weiß ichs doch selbst nicht — — — O wir geplagten Ehemänner!

Siebenter Auftritt.
(Zimmer im Gasthof.)

Bausback, Andreas.

Bausb. Also die Briefe sind richtig bestellt?

Andr. Ja Ihro Gnaden, aber ich fürchte der Schurke Christian macht uns ein übles Spiel.

Bausb. Wie so Pursche?

Andr. Der Kerl ließ sich heraus, daß er die ganze Sache dem Herrn Möllner, und Preißner entdecken wolle. Ich droht' ihm freylich, aber ob mein Drohen was nützen wird, steht dahin. Der Kerl hat einen Groll auf Euer Gnaden, wegen der letzten Ladung, die er so ergiebig auf seinen Rücken erhielt.

Bausb. Der Spitzbube! Da muß ich vorbauen, sonst ist mein ganzer Plan beym Teufel.

Andr.

Andr. Sey'n Sie auf Ihrer Hut gnädiger Herr! er hat uns gestern behorcht.

Bausb. Wart, Bube! das soll dir theuer zu stehen kommen. Itzt muß ich Rath schaffen, sonst werden wir wohl die Fahrt ins reiche Indien einstellen müssen. Weißt du was, lieber, getreuer Andreas: Forsch' ein bischen nach, ob Möllner und Preißner nichts wissen. Es soll gewiß dein Schaden nicht seyn, wir wollen redlich theilen.

Andr. Doch nicht mit den Schlägen? gnädiger Herr!

Bausb. Kindskopf! thu dein Bestes, es soll' dich nicht reuen, so wahr ich ein Ritter bin.

Andr. Und ich Ihr Waffenträger, gnädiger Herr!

Bausb. Und mein künftiger Schatzmeister.

Andr. Daß wir nur nicht die Rechnung ohne Wirth machen. Lassen Sie's gut seyn, gnädiger Herr! ich will den Spitzbuben Christian einen grossen Strich durch die Rechnung machen.

Der Page. Eine alte Frau bittet um gnädiges Gehör.

Bausb. Laß Sie kommen. (Page ab.) Was die wohl haben mag?

Achter Auftritt.

Lene hinzu.

Lene. Ganz gehorsamste Dienerinn, Ihro Gnaden! wünsch wohl geruht zu haben.

Bausb.

Bausb. Ich danke, liebe Frau! gleichfalls.

Lene. Jungfer wenn ich bitten darf, Ihro Gnaden!

Bausb. Nun ja also, meine liebe Jungfer, wenn Sie es so haben will.

Lene. Jungfer, so gnädiger Herr! das bin ich auch.

Bausb. Was will Sie also, liebe Jungfer?

Lene. Wenn mir Euer Gnaden erlauben möchten, ein paar Worte gehorsamst vorzubringen.

Bausb. So sprech' Sie —

Lene. Nur mit Euer Gnaden allein wünsche ich zu sprechen.

Bausb. Ich verstehe. (winkt dem Andreas abzugehen.)

Andr. (im Abgehen) Die ist ein treffliches Remedium wider die Versuchung, (Lene betrachtend) aber die Kupplerinn kann sie nicht verläugnen. (ab.)

Lene. (umher sehend) Eine gewisse Madame Möllner — Gehen Euer Gnaden doch ein bischen weiter von der Thüre; denn wir könnten behorcht werden — ich bin die Haushälterinn des berühmten Herrn Doktor Cotillion —

Bausb. Nur weiter — die Madame Möllner also?

Lene. Eben diese — aber ich bitte nur noch ein bischen weiter hieher — ich traue den Wänden nicht.

                              Bausb.

Bausb. Spreche Sie nur, es hört uns Niemand.

Lene. So so! Man kann heut zu Tage nicht genug vorsichtig seyn. Die böse Welt, die böse Welt!

Bausb. Nu, was soll ich denn?

Lene. Madame Möllner ist eine recht gute Seele, aber Sie gnädiger Herr! sind ein loser Mann, vergeben Sie mir.

Bausb. Aber nur weiter, weiter; Madame Möllner —

Lene. Itzt haben wir den Faden.

Bausb. Daß er nur nicht zerreißt liebe Jungfer.

Lene. Beyleibe! Lieber gnädiger Herr! Sie haben das arme Madamchen in kein geringes Gewirr gebracht. Sie loser Herr, he he he! der erste Fürst in Wien hätte die arme gute Frau nicht so verwirrt, als Sie loser gnädiger Herr! Wie viel große Kavalier von Osten und Westen haben sich schon die Mühe gegeben, das unerweichliche Herzchen der Madame Möllner in Bewegung zu bringen, aber alles war fruchtlos. Es kam eine Kutsche, nach der andern, ein süßes, schmachtendes Briefchen mit goldenem Rande nach dem andern; oft so wohlriechend wie eau de la Vende, mille fleur, und sans pareille, mit den gewähltesten Ausdrücken, französischen Verschen, beyspiellosen Schwüren, und Liebesversicherungen, von welchen gewiß jedes weibliche Herz, und wär' es auch kieselartig, erweichet worden wäre, und doch; stellen sich Euer Gnaden vor, blieb das Marmorherz von einer Frau, ich könnte bald böse auf sie werden, ungerührt. Man trug mir 20 Dukaten

taten an, wenn ich das Madamchen auf bessere Gedanken bringen könnte, aber da behüte, und bewahre
mich der liebe Himmel! daß ich mich auf solche Art
einließ, wenn's nicht mit Züchten und in allen Ehren
geschehen kann. Ich habe die Gnade, Euer Gnaden
zu versichern, daß nicht der schönste unter ihren An-
bethern von ihr ein Mäulchen erhalten konnte. Euer
Gnaden hätten sehen sollen, wie die Herrchen um sie
standen, und wie einer nach dem andern zum Handkuß gelassen wurde. Ich habe mir oft mein Theilchen
gelacht. Nur ein Küßchen auf ihre schöne weiße Hand
sagte einst ein zuckersüßer junger Herr, und ich bin
im Paradies. Ja freylich wär' der arme Schlucker
im Paradies gewesen, wenn Madame ihm nicht gerade damal den Handkuß versagt hätte. Er war
darüber so desparat, daß er im vollen Carrierre zur
Thüre lief, und mit den Worten: Ah, que je suis
malhereux! verschwand.

Bausb. Aber was will Sie damit, liebe Jungfer! mach Sie's kurz, ich liebe die Kürze.

Lene. Vergeben mir Euer Gnaden, ich bin gern'
umständlich.

Bausb. Ohne Umstände, wenn ich bitten darf.

Lene. Wie Euer Gnaden befehlen. Also: Madame Möllner läßt sich gehorsamst empfehlen, und
läßt Euer Gnaden zu wissen thun, daß ihr Herr Gemahl um 2 Uhr Nachmittag nicht zu Hause sey, sie
habe Ihr liebes Briefchen richtig erhalten.

Bausb. Um 2 Uhr Nachmittag?

Lene. Ja, gnädiger Herr! Sie läßt beynebst
auch Euer Gnaden sagen, Sie möchten ja nicht aus-
bleiben um das bewußte Gemählde, Sie schlimmer
gnä-

gnädiger Herr! zu besehen. Verstehen mich
Euer Gnaden wohl, Herr Möllner wird nicht zu
Hause seyn. Ich bedaure das liebe, liebe Madamchen, daß sie einen so eifersüchtigen Mann hat, und
ist doch die Gutheit selbst.

Bausb. Um 2 Uhr Nachmittag. Empfiehl' Sie
mich der Madame Möllner, ich werde gewiß kommen. (für sich) Viktoria!

Lene. Ganz recht; aber ich habe noch so ein kleines Gewerbe an Euer Gnaden. Frau Preißner läßt
sich Euer Gnaden auch gehorsamst empfehlen, und
läßt Ihnen durch mich sagen —— — aber das ist
ein stille, eingezogene Frau, eine Frau die fleißig
bethet, es mag wohl keine bessere Bürgersfrau in
Wien seyn. Sie hat mir aufgebothen, Euer Gnaden zu sagen, daß ihr Gemahl selten außer Haus sey,
nichts desto weniger würde sich doch eine Gelegenheit
finden, die sich zu ihrem, und Euer Gnaden Vor-
theil benützen ließe. O du mein Gott! die ist in
Euer Gnaden verliebt, so verliebt war sie noch in
keine Mannsperson. Sie müssen zaubern können,
gnädiger Herr! Sie kleiner Zauberer!

Bausb. Zaubern kann ich nicht, wenn meine
Aussenseite nichts Anziehendes hat, so weiß ich nicht,
was die gute Madame, so verliebt hat machen können. Meine Waden, mein Bauch haben freylich
eine kleine magnetische Kraft.

Lene. Ja bey meiner Ehre, sie geben Euer Gnaden einen gewissen unwiderstehlichen Reiz.

Bausb. (für sich) Für das Kompliment, und
überhaupt für die gute Bothschaft muß ich die cara
mama regaliren, (laut) hier meine liebe Jungfer
etwas für ihre Mühe, (will ihr Geld geben.)

Lene. Ich proteſire feyerlichſt, einen ſo artigen Herrn zu dienen iſt meine Schuldigkeit, wenn alles in Ehren geſchieht — Je ſuis bien obligé.

Bausb. Nimm Sie, und mach' Sie keine Umſtände.

Lene. Weil Euer Gnaden durchaus ſo befehlen — aber —

Lene. Sag' Sie mir doch, haben denn die Frauen einander gebeichtet?

Lene. Ey bewahre! So was hält man ſehr geheim. Das wär' ein ſauberer Spaß. Ah! ſo dumm werden ſie doch nicht ſeyn. Sie ſind beyde meine guten Freundinnen, und da ſchicken ſie mich, weil ſie keine vertrautere Perſon kennen. Ich weiß alle ihre Geheimniſſe, und doch erfährt keine von mir, was in einer, oder der anderen Hauptintereſſe einſchlägt. Frau Preißner läßt Euer Gnaden bitten Ihren Pagen zu ihr zu ſchicken. Ihr Mann hat eine beſondere Affektion zu dieſem Knaben. Herr Preißner iſt eine ſeelengute Haut, mit einem Wort ein guter Mann. Der liebe Herr thut was ſein Weibchen will, ſpricht was ſie für gut hält, nimmt alles an, bezahlt alles gerne, was ſie kaufen will, geht ſchlafen, wenn es ihr gefällig iſt, ſteht auf, wenn ſie aufſtehen will. Die Engel führen kein beſſeres Leben. Vergeſſen Euer Gnaden nur nicht Ihren Pagen zu ſchicken.

Bausb. Es wird alles geſchehen.

Lene. Seh'n Euer Gnaden, der Knabe iſt unter uns geſagt zum Poſtenträger recht gut zu gebrauchen, damit Sie einander ihre Geſinnungen mittheilen können. Der Knabe darf aber von dem Liebeshandel nichts

nichts wissen, es schickt sich nicht, wenn die Kinder überall die Nase hinstecken. Nur ältere, gescheidere Leute kennen den Lauf der Welt.

Bausb. Leb Sie wohl liebe Jungfer. Meine Empfehlung an beyde Madamen.

Lene. Ganz gehorsamste Dienerinn, Euer Gnaden! (für sich) der liebe dicke Herr! bald könnt' ich ein Aug auf ihn werfen — — aber — — man muß sich nicht versündigen. (Geht bis zur Thüre, und macht nochmal eine tiefe Verbeugung) Ganz gehorsamste Dienerinn. (für sich) Der liebe dicke Herr!

Bausb. (sich an Bauch fühlend) Nu wie schlägts an, alter Kamerad! ich will dich schon füttern, daß du mir immer hold seyn sollst. Dir hab' ich ja mein Glück zu verdanken; denn ein stattlicher Bauch reizt auch. Immerhin mag man sagen: ich gehe zu gerade drein. Wenn's nur geschieht, was ich will. Die Art, wie es geschehen ist, thut nichts zur Sache.

Neunter Auftritt.

Bausback, Andreas, hernach Möllner verkleidet.

Andr. Ein fremder Kaufmann Namens Bach bittet um die Ehre Euer Gnaden aufwarten zu dürfen.

Bausb. Er soll mir willkommen seyn. (Andr. ab.) Was mag der wollen?

Mölln. Ich habe die Ehre mein Kompliment zu machen.

Bausb. Ihr Diener! setzen Sie sich. (Setzen sich.)   **Mölln.**

Möln. Der Herr Ritter werden sich wundern, warum i:h mir die Freyheit nehme Sie zu besuchen. Ich bin so dreist Ihnen mein kleines Anliegen zu eröffnen.

Bausb. Kann ich Ihnen zu Diensten seyn; so befehlen Sie.

Möln. Ich heiße Ferdinand Bach, bin ein Hamburger Kaufmann, und dermal seit 6 Monaten in Handlungsangelegenheiten in Wien. Ich weiß, daß Sie in vielen hübschen Häusern Entrée haben. Kennen Sie nicht eine gewisse Madame Möllner, die Frau eines Juweliers?

Bausb. (für sich) Was will der? (laut) Ich kenne sie.

Möln. Ich muß Ihnen gestehen, daß ich so gut wie andere Erdenkinder die Macht der Liebe fühle.

Bausb. (für sich) Gewiß mein Nebenbuhler.

Möln. Aber nicht so glücklich bin, vom besten Weibe erhört zu werden.

Bausb. Armer Mann!

Möln. Ich habe alle Gelegenheiten gesucht mit ihr bekannt zu werden, habe mich's ein hübsches Geld kosten lassen, um sie an mich zu ziehen, aber alles war vergebens, habe ihr Geschenke gemacht, um zu wissen, was sie gerne geschenkt haben möchte, mit einem Wort: ich hab' mich ganz für sie aufgeopfert; denn nie hat ein weiblich' Geschöpf solch einen Eindruck auf mich gemacht. Sie ist nicht jung, auch nicht schön, aber ihre Art ist so einnehmend, daß man ihr gar nicht widerstehen kann.

D   **Bausb.**

Bausb. Hat Sie Ihnen denn nie nichts versprochen?

Mölln. Nicht das geringste.

Bausb. Haben Sie denn gar nicht in sie gedrungen?

Mölln. Nein.

Bausb. Sie sind ein wunderbarer Mann. — Soll Ihnen vielleicht das Frauenzimmer selbst in die Arme fliehen?

Mölln. Das eben nicht, aber sie hätte mich, aus so vielen Briefchen die ich ihr schrieb, und der vielen Geschenke wegen verstehen können.

Bausb. Selbst anklopfen müssen Sie, und dann wird Ihnen aufgemacht.

Mölln. Ich glaube, daß es schwer halten wird. Ich bin in dem Falle, ich muß meine Schwachheit gestehen, etwas zu schüchtern; denn nichts könnte mich mehr niederschlagen, als eine abschlägige Antwort.

Bausb. Da bin ich ganz anderer Meinung. Um einen Korb mehr, oder weniger. Da hätt' ich mich schon zu todte grämen müssen, wenn mir der Korb eines Frauenzimmers zu Herzen gegangen wäre. — Geh'n Sie doch Herr Bach! und lernen Sie das Frauenzimmer besser kennen. Nur Muth gefaßt.

Mölln. Wenn ihre Tugend nur nicht so unerschütterlich wäre. Ich höre, sie soll eine wahre Penelope seyn.

Bausb. Ha ha ha! warum nicht gar eine leibhafte Lukretia. Da fragen Sie einmal die cara ma-

ma,

ma, eine gewiſſe Jungfer Lene Haushälterinn bey dem Doktor Cotillion, die wird Ihnen mehr ſagen können.

Mölln. (für ſich) Die alte Lene! Donner und Wetter! (laut) Herr Ritter! reißen Sie mich aus meiner Ungeduld. Was wiſſen Sie von Madame Möllner?

Bausb. Nichts, gar nichts. Fragen Sie nur die cara mama.

Mölln. Ich bitt' Sie um alles in der Welt, ſagen Sie mir was Sie von ihr wiſſen.

Bausb. Kindiſcher Mann! ich weiß nichts — Fragen Sie die cara mama.

Mölln. (aufgebracht) Der Teufel hol' auch die verdammte cara mama, (ſich faſſend) Vergeben Sie meiner Hitze. Hier Herr Ritter! (indem er ihm eine Börſe giebt) Nehmen Sie dieſes Geld, und befehlen Sie mit mir — alles — alles was ich habe ſteht Ihnen zu Dienſten.

Bausb. Langſam, Herr! Sie halten mich doch für keinen Kuppler?

Mölln. Nehmen Sie mirs nicht übel. Ich weiß, daß Sie nicht in beſten Umſtänden ſind, daß ſie Geld brauchen. Nehmen Sie, und ſagen Sie mir nur was Sie von meinem Wei... von meiner lieben Madame wiſſen. Ich bitte, ich beſchwöre Sie.

Bausb. Ich bedarf Ihres Geldes nicht.

Mölln. Nehmen Sie, wenn Ihnen mein Leben lieb iſt.

Bausb.

Bausb. Sie sind ein zudringlicher Mann, ein feuriger Liebhaber, (schüttelt ihn.) Kommen Sie zu sich, Sie brennen ja lichterloh. Ich will thun, was ich zu Ihrem Besten thun kann, aber Möllner, wie man sagt, soll ein eifersüchtiger Narr seyn; denn ich habe nicht das Glück den Ehrenmann zu kennen.

Mölln. So nehmen Sie nur das Geld, und sagen mir nur was die alte Lene weiß.

Bausb. Ich will es nehmen. (für sich) Den Kerl will ich prellen, (laut) aber mit dem Beding, mich behutsam zu Werke gehen zu lassen.

Mölln. Ich unterwerfe mich ganz Ihrem guten Willen, aber was weiß denn die alte Lene?

Bausb. Nu ins Teufelsnamen, wenn Sie es doch wissen wollen: Sie weiß, daß mich Madame Möllner heute um 2 Uhr Nachmittag auf ein Rendezvous bestellt hat.

Mölln. Sie? (für sich) Tod und alle Teufel!

Bausb. Sie werden doch nicht eifern? Ich will Sie nicht zu kurz kommen lassen. Der eifersüchtige Esel von einem Manne, den werden wir wohl zum Siegfried machen. Ich komme gewiß nicht ohne Zinsen davon.

Mölln. (gezwungen lachend) Ja den wollen wir warm machen.

Bausb. Bleiben Sie ein bischen hier, wir wollen die Sache auf einem Koffeehause ein bischen besser überlegen. Ich habe noch kleine Verrichtungen, und bin dann gleich wieder hier. Den alten Esel wollen wir zum Siegfried machen ha ha ha! (ab ins Seitenzimmer.)

Zehn-

Zehnter Auftritt.

Möllner allein.

Du verdammter Schurke! zum Siegfried will er mich machen? Nun ist alles klar! Mein Weib hat ihm die Stunde bestimmt. Wer hätte das denken sollen? O ihr falschen, falschen Weiber! Mein Haus wird entehrt, mein guter Name an die Schandsäule gehängt, verspottet, zernagt. O ich unglücklicher Mann! Und nicht genug daß mein ehrlicher Name geschändet wird, so muß ich mir auch den abscheulichsten Namen eines —— Pfui! ich mags gar nicht sagen, geben lassen, und von eben dem, der mich beleidigt. Ich möchte rasend werden! Luzifer, Belzebub, Aßmodäus, Dämon, Cacodämon sind Namen der Teufeln, aber sie klingen noch nicht so häßlich als der einzige Name ——— Der schwärzeste Teufel hat einen schöneren Namen. Preißner ist bey aller seiner Neutralität ein Esel, und wird auch ein Schafs.... Pfui! daß mir das häßliche Wort nicht über die Lippen komme. Er verläßt sich auf sein Weib der alte Esel, ja der ist wohl ein alter Esel. Ich will ja lieber einem Erzspitzbuben eine Börse anvertrauen, als einem Weibe sich selbst. Da schmiedet das undankbare weibliche Geschlecht unter der Decke, da werden Plane gemacht, und ausgesonnen. Ist ihm einmal der leidige Satan in Kopf gefahren, will es einmal etwas ausführen, so muß es, und stünde der Nachrichter mit dem Schwerte hinter den Nacken; ausgeführt werden. Also war meine Eifersucht gegründet. Um 2 Uhr Nachmittag hat sie den Wanst bestellt. Der Pauke will ich bald ein Loch machen, und den alten Esel den Preißner, denn er ist ein alter Esel, brav auslachen. Hahnrey, Hahnrey, Hahnrey!

rey! Welch ein Name! Wie mirs kalt durch die
Glieder läuft! Wenn mich itzt Jemand mit mir selbst
reden gehört hätte, der würde lachen. (ab.)

Eilfter Auftritt.

(Einsame Gegend außer der Stadt.)

Cotillion, Michel mit 2 Degen in der Hand.

Cotill. Michel!

Michel. Befehlen Sie, gnädiger Herr!

Cotill. Vene ici. Wie viel Uhr?

Michel. Ich weiß es nicht.

Cotill. Beuf! du nicht weißt, wie viel Uhr.
Hab' vergessen mein Uhr auf mein Kabinet.

Michel. Doch ich glaube, daß die Stunde schon
vorüber sey, in welcher Euer Gnaden den Herrn Ende
bestellt haben.

Cotill. Ma foi! der Kerl hat nicht point d'honneur, hat kein Courage, ist furchtsam. Wär er
hier itzt, ich hätt' ihn schon gestochen todt.

Michel. Er ist gescheid, daß er nicht kömmt,
sonst wär er wirklich schon todt.

Cotill. Sans doute. Ich ihn gestreckt hätte hin,
wie ein Frosch. Komm ein Augenblick zu probiren,
ich dir will zeigen, wie ich hätte den Kandidat gestochen todt. Nimm den Degen, prenez!

Michel. Ums Himmels willen, gnädiger Herr!
ich kann ja nicht fechten.

Cotill. Allons Schurk! du probiren mußt mit
mir. **Michel.**

Michel. Es kommen Leute, gnädiger Herr.]

Zwölster Austritt.

Bank, Siegl und Preißner hinzu.

Siegl. Die haben lange Degen, will hübsch von ferne bleiben.

Bank. Gehorsamster Diener Herr v. Cotillion.

Preißn. Mich freut Sie zu sehen Herr Doktor.

Siegl. Gehorsamer Diener.

Cotill. (ärgerlich) Votre serviteur! votre serviteur! Was machen hier so viel? Eins, zwey, drey.

Preißn. Wir sind als Sekundanten gekommen, und dabey zu sehen wie Sie Ihren Punkt, Ihre Tour, Ihren Revers, Ihre Distanz und Ihren Ausfall machen. Wer weiß ob wir das nicht alles brauchen.

Siegl. (für sich furchtsam) Ich gewiß nicht.

Bank. Wo ist denn Herr Ende?

Cotill. Der Mensch ist nicht gekommen hieher. Fi donc!

Bank. Er wird gewiß kommen; denn der Mensch hat Herz.

Cotill. Courage! ha ha ha, wenn er zu Hause auf seiner Stube.

Bank. Das müssen Sie nicht glauben, ich kenn' ihn besser.

Cotill.

Cotill. Warum also ist nicht gekommen, wenn er hat Courage? Pardien! Ich itzt will sonst nichts, als zu bezeigen mir, daß ich habe gewartet auf den Kandidat.

Preißn. Sehr gerne.

Bank. Ich glaube Herr v. Cotillion es wär das klügste, wenn wir von der ganzen Sache präscindirten, und in Friede und Eintracht nach Hause giengen. Das Duelliren ist ohnehin aufs schärfeste verbothen. Denken Sie Herr Doktor, wenn Sie angezeigt würden. Ich bin zwar selbst ein Kerl, dem's so alt er ist, gleichsam in die Finger fährt, wenn er einen bloßen Degen sieht, aber ich wollte doch nichts anfangen. Aber das üble Beyspiel. Ich bin Registrator des Stadtarchivs, Stadthauptmann, und Rathsverwandter.

Siegl. Und Rathsverwandter. Ja das ist er, mein Herr Onkel, und schreibt sich von Bank, weil er ein Edelmann ist.

Bank. Ich bitte machen Sie Frieden, oder ich müßte vi & authoritate dignitatis meæ die Sache wider meinen Willen nollens volens anzeigen.

Siegl. Anzeigen, das müßte mein Herr Onkel!

Preißn. Geben Sie nach Herr Doktor (ihm die Hand drückend) was geschehen soll, wird doch geschehen.

Cotill. Serviteur mon ami, serviteur! Ich mich will geben zufrieden, aber daß ist nicht gekommen der Candidatus theologiæ. Fi donc!

Preißn. Lassens Sie's gut seyn.

Bank.

Bank. Wir wollen ihn recht auslachen, wenn er uns zu Gesichte kömmt.

Siegl. Wir wollen ihn auslachen, wenn er uns zu Gesichte kömmt.

Cotill. Sagen Sie mir doch, wer ist der junge Mensch dort. Er scheint Ihr Echo zu seyn.

Siegl. Das bin ich.

Bank. Er ist mein Neffe Siegl.

Cotill. Sie... Sie... Siegl heißt der junge Herr! Apropos! wir wollen das Duell ausmachen. Sie sind mein Nebenbuhler.

Siegl. Ich schlage mich nicht. Ich habe zwar Courage, aber das Duelliren ist verbothen, sagt mein Herr Onkel.

Cotill. Sie müssen fechten.

Siegl. (im Ablaufen) Ich habe zwar Courage, aber das Fechten ist verbothen.

Cotill. (läuft ihm nach mit bloßen Degen) Halt! Sie müssen fechten mit mir.

Die übrigen eilen nach, indem sie den Cotillion abzuhalten suchen, noch hört man hinter den Coulissen: Foi de Cavalier, der junge Mensch muß fechten! Er ist mein Nebenbuhler.

Ende des zweyten Aufzugs.

Drit‒

Dritter Aufzug.

Erster Auftritt.
(Die nämliche Gegend außer der Stadt.)

Ende, Johann.

Ende. Kömmt der Doktor?

Joh. Noch seh' ich keine Seele, die dem Doktor ähnlich wäre.

Ende. Er wird wohl noch nicht auf dem Wege seyn. (feig) Es ist noch Zeit, es ist noch Zeit; denn die bestimmte Stunde hat noch nicht geschlagen.

Joh. Ich glaub's wohl selbst.

Ende. Wie wird mir's auf einmal so bange! — Herzhaftigkeit, Herzhaftigkeit! Ich zittere ja nicht, aber die Franzosen sind ausgelernte Fechtmeister, und ich verstehe nichts von diesem Handwerk. Denn selbst als Student bin ich in Jena den Renomisten-schlägereyen ausgewichen. Selig sind die Friedfertigen! dacht' ich immer. Muth, Muth! ja Muth hab' ich — Itzt möcht' ich mich mit dem Doktor schlagen, wenn er hier wäre. Da rausch't was — hörst du nichts? Nein nein! es ist nichts. Phantasie, lauter Phantasie. Still! ich hör was kommen — — — Es war wieder nichts. (singt in der Angst:

Grabe

Grabe Spaten, grabe,
Alles was ich habe,
Dank ich Spaten dir!
Arm' und reiche Leute
Werden meine Beute,
Kommen einst zu mir.

Joh. Das ist ja ein Todtengräberslied; also gewiß ein kleines Memento mori Herr Ende?

Ende. Das Lied ist aus Höltys Gedichten — er war von jeher mein Lieblingsdichter.

Joh. So so!

Ende. Ich habe Muth — Muth! Nur nicht verzagt.

Joh. Dort kömmt er Herr Kandidat.

Ende. Kömmt er? — Nu ich habe Muth! er soll nur kommen. Hat er einen langen Degen?

Joh. Keinen Degen — — Dort kömmt mein Herr, und sein Onkel.

Ende. (freudig) Die werden Frieden stiften.

Zweyter Auftritt.

Ende, Preißner, Bank, Siegl, Johann, hernach Cotillion.

Bank. Guten Tag, guten Tag Herr Ende! Sind Sie wirklich zum Duelliren bereit?

Ende. Ja, das bin ich. Kömmt der Doktor schon?

Preißn. Er wird gleich hier seyn.

Siegl.

Siegl. Der iſt ein rabiater Menſch.   Denken Sie Herr Ende! er hat mich mit ſeinen langen Degen durch und durch ſpießen wollen.   Wären die Herren mir nicht beygeſtanden, ich wäre ſchon mauſetodt. Noch zittert alles in mir, und ich hab doch Courage. Der verdammte lange Degen!

Ende. Ja der Degen.   Aber man muß herzhaftig ſeyn, man muß ſich nicht fürchten.   Nur alte Weiber fürchten das Gewehr.   Da ſollten Sie ſehen wie ich Stand halte.   Er ſoll nur kommen der Eiſenfreſſer.   Bald bringt mein Degen in ſein Eingeweide. Zur Ehre der deutſchen Nation.

Preißn. (für ſich) Da wär die deutſche Nation übel dran, wenn ſie lauter ſolche Kerls hätte.

Bank. Ich, und Herr Preißner, wir haben Friede gemacht.

Ende. Nun ſoll er kommen.   Alles glüht in meinen Adern.

Bank. Das Duell iſt auf das ſchärfſte verbothen.

Ende. Wahrhaftig eine große Sünde vor Gott und den Menſchen.

Siegl. Eine große Sünde vor Gott, und den Menſchen.

Cotill. Voila! da iſt Herr Ende.   Ich ſehe, daß Sie mich gehabt haben zum Beſten.

Siegl. Wenn er nur nichts anfängt!

Cotill. Votre main Monſieur le Candidat!

Ende. Hier iſt ſie. (giebt ihm die Hand) Alſo Friede ſey mit uns!

Cotill.

Cotill. Vive le Courage! Auch Ihre Hand, junger Herr!

Siegl. (giebt ihm die Hand) Ich habe Courage, aber der lange Degen.

Ende. Ich hab' Sie erwartet.

Preißn. und Bank. Das ist wahr!

Cotill. Bravo! Sie waren kein furchtsamer Mensch.

Ende. Nie in meinem Leben.

Bank. Wir wollen weiter gehn. Es ist sehr kalt.

Cotill. Diable m'emporte! es ist sehr kalt der Luft. Allons!

Dritter Auftritt.

Möllner hinzu.

Mölln. Gut, daß ich Sie alle noch hier treffe. Nu, wie gieng die Sache aus?

Preißn. In Frieden.

Mölln. Desto besser, desto besser. Apropos meine Herren! wollen Sie nicht heute zu Mittag bey mir speisen?

Cotill. Ich acceptire Ihr Anerbieten de tout mon cœur.

Ende. Preißn. Bank. Ich auch, wenn Sie so befehlen.

Siegl. Ich auch, wenn Sie so befehlen. Haben Sie auch eine Fasanbastete, Rebhühner, einen Kapaun mit Mischerln? **Mölln.**

Mölln. Sie sollen damit bedient werden, Herr Siegl. Nach dem Tisch geb' ich ein kleines Faschingstück. Meine Frau wird auch mitspielen.

Siegl. Das wird lustig seyn. Da wirds viel zu lachen geben. Könnten wir nicht auch eine kleine Hetze anstellen. Ich gebe meinen Caro, und meinen Türkel dazu. Sie werden Ihnen Ehre machen, ich versichere Sie.

Mölln. Wenn es sich anders thun läßt. Inzwischen könnten wir zu diesem Faschingsstück auch Hunde brauchen.

Siegl. Das wäre brav. Da mach ich den Hetzmeister. Hören Sie, da sollen Sie meine Force sehen. Ich bin ein gelernter Hetzmeister,

Mölln. (halblachend) Das glaub ich.

Siegl. Ja, das können Sie mir glauben. Fragen Sie nur meinen Herrn Onkel.

Mölln. Gut, gut! Also ich erwarte Sie meine Herren. (alle gehen ab.)

Vierter Auftritt.

(Großes Zimmer bey Möllner.)

Frau Preißner und der Page.

Preißn. Brav! daß du gekommen bist, lieber Kleiner!

Page. Ich suchte Sie zu Hause, man sagte mir aber, Sie wären bey Madame Möllner. Nun bin ich hier, und stehe zu Diensten.

Preißn.

Preißn. Mußt recht oft zu mir kommen, kleiner Schelm! ich hab' dich so gern, vorzüglich mein Mann. Der wird eine Freude haben, wenn er dich sehen wird. Ich kann dirs nicht sagen, wie gut er dir ist.

Page. Das freut mich. Mein gnädiger Herr hat mirs schon gesagt.

Preißn. Wie heißt dein gnädiger Herr?

Page. Ritter v. Bausback.

Preißn. Ja ja, so heißt er. Ich kann mich nie auf seinen Namen erinnern, und doch war er schon einigemal bey uns. Er, und mein Mann sind sehr gute Freunde.

Page. So viel ich weiß.

Preißn. Was macht denn dein Herr?

Page. O er ist frohen Muths, er singt und pfeift.

Preißn. Also immer munteren Humors.

Page. Er ist immer munter und aufgeräumt; aber so aufgeräumt hab' ich ihn noch nie gesehen. Er hat mich heute in seiner außerordentlichen Freude wohl hundertmal geküßt.

Preißn. Bist auch ein lieber Knabe, (küßt ihn.) Komm recht oft zu uns.

Page. Wenn Sie erlauben Madame. (wollen ab.)

Fünfter Auftritt.

Möllner hinzu.

Mölln. Wohin so eilig Madame Preißner?

Preißn. Ich eile nach Hause; denn die Mittags-stunde ist schon lange vorüber. Sie wissen Herr Möllner, daß gute Hauswirthinnen in der Küche nachse-hen müssen.

Mölln. Will Sie also nicht aufhalten. Ergebens-ster Diener. (*Frau Preißner geht mit dem Page ab. Möllner sieht ihr lange nach.*) Hat Preißner wohl ein Quentchen Hirn? Hat er Augen im Kopfe, kann auch überlegen. Nein! bey meiner armen Seele! alle Sinnen sind im tiefen Schlafe bey dem Menschen. Des Ritters Page mit seiner Frau. Das ist ja lustig, Herr Indiferentist! Wenn Sie erst den Kuß gesehen hätten, den sie den Buben gab. Allerliebst, allerliebst! Ich lief mir fast die Füße ab, um recht geschwind nach Hause zu kommen, um etwas zu erfahren. Kaum war ich zu Hause, so erfuhr ich schon mehr als ich erfahren wollte. Aber warum ärger' ich mich denn! Es ge-schieht ihm recht den alten Philister. Still, alter Narr! es geht selbst nicht besser. Der Page hat ge-wiß auch meiner Frau einen Brief gebracht. Wer-den doch die Weiber nicht mit einander verstanden seyn? Das wär' nicht übel, und doch ist es, kann nicht anders seyn, wenn ich genau nachdenke. Wei-ber, und Komplot. Zwey Worte die sich nicht so leicht von einander trennen lassen; denn kein Weib kann ohne Komplot, und kein wahres Komplot ohne einem Weibe bestehen. Da sind alle Verschwörungs-komplote Kinderspiele, gegen dem Komplot eines

Wei-

Weibes. Ich will auf meiner Hut seyn, will den Ritter zeichnen, daß er Zeit seines Lebens an mich denken soll. Arme entehrte, betrogene, zu Grunde gerichtete Männer! (geht ab.)

Sechster Auftritt.

Frau Möllner, der Page, und ein Bedienter.

Fr. Mölln. Itzt weiß er was, halt' er sich mit noch einem von seinen Kameraden in Bereitschaft, wenn ich ihn rufe, trägt er diesen großen Koffer hier ohne Verzug zum Lammswirth, und setzt ihn bey dem Wirth im Zimmer ab, ohne sonst ein Wort zu sagen, als daß es verschiedenes Geräthe für Herrn Ritter von Bausback sey.

Bed. Ich versteh' es.

Fr. Mölln. Nun packt euch, bis ich euch rufe. (Bed. ab.) Mein Mann ließ mir sagen, daß er erst gegen ein Viertel auf drey Uhr nach Hause kommen könne, befahl mir aber ein großes Mittagmahl auf viele Gäste richten zu lassen. Nun da wird dem Ritter der Spaß noch saurer werden.

Page. Mein Herr kömmt gerade über die Treppe, und wünscht mit Madame zu sprechen.

Fr. Mölln. Sag, er wird mir willkommen seyn. (Page ab.) Itzt Verstellung steh' mir bey, und laß mir meine Rolle gut spielen, daß ich nicht ausgezischt werde. Frau Preißner weiß von allem. Das wird eine lustige Komödie werden.

E Sie

Siebenter Auftritt.

Bausbäck hinzu.

Bausb. Bin ich einmal so glücklich mit Ihnen allein zu seyn, Herzensweibchen! Meine Göttinn winkte, und ich kam mit den Fittigen der Liebe zu Ihnen.

Fr. Mölln. Sie sind ja ein wahrer Romanen-held.

Bausb. Nie mehr, als wenn ich bey Dir bin liebes Weibchen! Laß mich Dich immer Du nennen.

Fr. Mölln. Wie Sie wollen lieber Ritter!

Bausb. Ich möchte Dir gerne recht viel sagen, und weiß nicht wo ich anfangen soll. Wär' Dein Mann todt, wir müßten ein Paar werden, wenn Himmel und Erde vergienge.

Fr. Mölln. Können wir nicht auch so des Lebens genießen?

Bausb. Hast recht, Weibchen! wir wollen's auch. Ueber kurz, oder lang geht Dein grießgramiger Alter ohnein zu seinen Vätern, und dann bist Du ganz mein, dann soll' uns nichts mehr trennen.

Fr. Mölln. Nichts in der Welt, mein Lieber!

Bausb. Sieh, ich kann Dir nicht schmeicheln, und Dir sagen, Du seyst so, oder so schön, wie es viele Männer machen, um in den Herzen ihrer Schönen Eingang zu finden. Ich sag' Dir also nicht mehr, als daß Du mein Alles bist, daß ich dich unaussprechlich liebe, so liebe, wie Du's verdienst.

Fr.

Fr. Mölln. Seyn Sie nur vorsichtig, und getreu; denn ich fürchte, Sie sind in die Frau Preißner verliebt.

Bausb. Eher wollt' ich auf der äußersten Spitze des Stephansthurm auf einen Fuß stehen, als mich in die Preißner verlieben. Geh doch, mit der Preißner. Das Weib könnte mir nicht gefallen. (Für sich) Sie ist schon eifersüchtig.

Fr. Mölln. Nu, nu, ich fürchte mich nur; denn wahre Liebe fürchtet.

Bausb. Hast Dich nicht zu fürchten.

Fr. Mölln. Sie sollen einst überzeugt werden, wie sehr ich Sie liebe.

Bausb. Bleib bey dieser Gesinnung, und Du sollst einen getreuen Liebhaber an mir finden. Itzt ein Küßchen zum Unterpfand, und zum Schluß unseres Bundes, (indem er sie küßen will)

Page. Madame! Frau Preißner kömmt von der Gasse her, ich hab' sie gesehen. Sie sieht ganz wild aus. (ab)

Bausb. Daß sie der Teufel eben itzt bringen mußte, ich will mich ins Nebenzimmer retiriren.

Fr. Mölln. Sie haben recht, thun Sie's; denn die Preißner ist eine bekannte Plaudertasche.

Achter

Achter Auftritt.

Frau Preißner, Bausback und Bedient. hinzu.

Fr. Preißn. (mit verstellter Aengstigkeit)
Aber was machen Sie Madame? Sie sind entehrt,
verlohren und unglücklich. (*)

Fr. Mölln. Wie so, was giebts?

Fr. Preißn. Sie können noch fragen. Das ist
artig, recht sehr artig! Haben einen braven Mann,
und können ihm Anlaß zum Argwohn geben?

Fr. Mölln. Was meinen Sie, ich verstehe Sie
nicht.

Fr. Preißn. Sie sollten sich schämen. Wie sehr
hab' ich mich in Ihnen geirrt!

Fr. Mölln. Nun du lieber Gott, so reden Sie
doch verständlicher.

Fr. Preißn. Ihr Herr ist um die Polizeywache
gegangen, um einen gewissen Herrn zu suchen, der,
wie er sagt, gerade itzt, durch Ihre Einladung hier
im Hause ist, um sich seine Abwesenheit auf eine eben
nicht anständige Art zu Nutzen zu machen. Sie sind
verlohren.

Fr. Mölln. (leise) Sprechen Sie lauter, (laut)
Ich glaub' es nicht, und ich bin auch ganz unschuldig.
Mein Mann mag kommen, wenn er Argwohn auf
mich hat.

Fr. Preißn. Der Himmel gebe, daß es nicht
so ist, ich bedaure Sie von Grund meines Herzens.
Ich

(*) Die ganze Scene hindurch muß nicht ohne verbiß-
nes Lachen von beyden Personen dargestellt werden.

Ich wollte Ihnen nur zum voraus Nachricht geben, daß Sie nicht überrascht werden. Ist Ihr Gewissen rein; so freu' ich mich mit Ihnen, haben Sie aber hier irgendwo einen guten Freund verborgen; so machen Sie ja, daß er nicht entdeckt wird. Nehmen Sie um Gottes willen Ihre ganze Weiberlist zusammen, und vertheidigen Sie Ihre Ehre, oder sagen Sie aller Liebeley auf ewig gute Nacht. Wenn das bekannt würde. Sie kennen ja Wien, ich darf Ihnen nicht mehr sagen.

Fr. Mölln. Ja was soll' ich machen, ich muß es wohl gestehen. Es ist ein Herr hier im Nebenzimmer, mein sehr guter Freund. Ich fürchte mich nicht so sehr vor meiner eigenen Entehrung, als vor seiner Gefahr. Wenn ich nur wüßte, wie er zu verbergen wäre.

Fr. Preißn. Zu was das lange Zaudern, die Zeit ist kostbar, und entkommen kann er so leicht nicht, weil Ihr Herr den Augenblick mit der Wache hier seyn wird. Das machte nur Auflauf. O wie Sie mich betrogen haben! Doch — sehen Sie hier den grossen Koffer, wir wollen ihn hineinpraktiziren.

Fr. Mölln. Er ist ja zu dick, wie wird er hinein kommen —— O mein Gott! was soll ich anfangen?

Bausb. (kömmt geschlichen aus der Seitenthüre.) Lassen Sie sehen, lassen Sie sehen, liebe Frauen! Ich will hinein kriechen — — — Folgen Sie dem Rath Ihrer Freundinn liebe Madame Möllner — — Ich will ja gerne hinein.

Fr. Preißn. So schön Herr Ritter! (halblaut) Sind das Ihre Liebesversicherungen Sie Falscher, und Undankbarer!

Bausb.

Bausb. (leise zu Preißn.) Ich liebe Sie, lassen Sie mich nur in den Koffer kriechen — — — ich will nie mehr — — —

Er kriecht in den Koffer, und die Weiber machen ihn halb zu.

Bausb. Machen Sie nur nicht ganz zu. Ich müßte ersticken. O weh, o weh!

Fr. Mölln. He Bediente!

Die Bedienten kommen.

Fr. Mölln. Tragt den Koffer fort!

Die Bedienten packen den Koffer an.

Bausb. (im Forttragen) Wo tragt ihr mich hin?

Fr. Preißn. (gegen den Koffer) Sie falscher ungetreuer Mensch!

Bausb. Wo schleppt ihr mich hin? (Die Bedienten gehen mit dem Koffer ab.)

Fr. Prießn. und Fr. Mölln. lachen. Der wird Augen machen unser Dicker, wenn er bey dem Lammswirth abgesetzt wird.

Fr. Mölln. Es ist ein herrlicher Spaß für die itzige Carnevalszeit. Ein wahrer Faschingsstreich, ha ha ha! Bey allem dem möcht ich nicht gerne, daß mein Mann etwas davon wüßte. Er würde die Sache ganz anders auslegen, als sie wirklich ist. Sie wissen ja, daß er im höchsten Grade eifersüchtig ist. Gerade mit dem Ritter sollt' er am wenigsten eifersüchtig seyn; wenn's ein hübscher schlanker junger Pursch wäre, da möcht' ich ihm's noch eher verzeihen.   Fr.

Fr. Preißn. Schäckerinn! Doch ich höre Jemand kommen. Es ist Ihr Herr!

Neunter Auftritt.

Herr Möllner hinzu.

Hr. Mölln. (sehr mürrisch) Ergebenster Diener, Madame Preißner! (zur Fr. Mölln.) Hör' einmal! ich habe heute Nacht einen sehr kuriösen Traum gehabt. Mir träumte, als wär' Jemand auf mein Zimmer, der mit meiner Frau so gut als einverstanden wäre. Nehmen Sie mirs nicht ungütig Madame Preißner. Ich muß nachsehen, ob mich der Traum nicht betrogen hat.

Fr. Preißn. Sie sind sehr argwöhnisch.

Hr. Mölln. Ich bin einmal schon so. Ist nichts an der Sache, so hat sich ja meine Frau nichts zu fürchten. Nur der, der eine heile Haut hat, dem juckts.

Fr. Mölln. Bist du eifersüchtig, Männchen! Hab' ich dir je Gelegenheit zur Eifersucht gegeben?

Hr. Mölln. Darauf muß man nicht warten.

Fr. Mölln. Such nach, wenn du ein Mißtrauen in mich setzest.

Hr. Mölln. Das will ich auch. Gieb alle Hausschlüsseln her.

Fr. Mölln. Hier sind sie, (giebt ihm einen Bund mit Schlüsseln. Hr. Mölln. geht durch die Seitenthüre ab.)

Zehn-

Zehnter Auftritt.

Fr. Möllner, Fr. Preißner, hernach Herr Möllner.

Fr. Preißn. Das ist ja herrlich!

Fr. Mölln. Ich weiß itzt in der That nicht, was mir besser gefällt, daß meine theure Ehehälfte, oder der dicke Ritter angeführt ist?

Fr. Preißn. Es geschieht beyden recht, daß sie angeführt werden. Ihrem Mann wegen seiner unzeitigen Eifersucht, und dem Ritter wegen seiner Dreistigkeit sich an Rechtschaffene zu machen.

Fr. Mölln. Ich weiß nur nicht, wo mein Mann diesen besonderen Argwohn her hat. Wer mag ihm wohl die Intrike verrathen haben? Das ist mir zu rund, wie nach dem Sprüchworte, dem Bauern die Chokolade, denn so plump gieng er nie drein, wenn er schon oft ohne Ursache eifersüchtig war.

Fr. Preißn. Ich will das schon ausforschen. Warten Sie nur, der Wanst muß noch mehr geprellt werden; denn ich glaube immer, er hat noch nicht genug, er wartet auf eine noch größere Prostitution.

Fr. Mölln. Was glauben Sie, sollen wir nicht noch einmal die alte Lene zu ihm schicken, und uns entschuldigen lassen, daß wir ihn fortschleppen, und bey dem Lammswirth absetzen ließen.

Fr. Preißn. Das wollen wir thun, wir wollen ihn zur Schadloshaltung wieder herbestellen lassen.

Hr. Mölln. (der zurück kömmt) Ich kann ihn nirgend finden. Vielleicht prahlt sich der Schurke mit Dingen, die er noch nicht erhalten hat.

Fr.

Fr. Mölln. Sag' mir doch, lieber Mann! mit wem hast du mich in Verdacht?

Hr. Mölln. (höhnisch) Mit keiner Seele. Du liebe Unschuld! Aber es muß heraus, wenn auch der Teufel mit im Spiel wäre, es muß heraus. Ich bin nicht so bald befriedigt.

Fr. Mölln. Der Himmel gebe dir bessere Gedanken.

Hr. Mölln. Wird sich zeigen, ob ich besser von dir denken kann.

Fr. Preißn. Sie thun sich selbst unrecht Herr Möllner!

Hr. Mölln. Schon gut, schon gut. Es ist Zeit zum Essen. Herr Preißner wird gleich kommen, auch Sie bleiben hier Madame, die übrigen Herren Gäste haben, wie ich erst kürzlich gehört habe, absagen lassen. Ihretwegen Madame Preißner hab' ich schon nach Hause geschickt, daß sie auf Sie nicht warten sollen. Kommen Sie! (gehen ab)

Eilfter Auftritt.

(Großes Zimmer bey Preißner.)

Schimmer, Wilhelmine.

Schim. Verweisen Sie mich nicht mehr auf Ihres Herrn Vaters Einwilligung, beste Wilhelmine! ich kann seine Liebe nicht gewinnen.

Wilh. Aber mein Gott! sagen Sie mir doch was ich machen soll.

Schim.

Schim. Ihr Herr Vater sagt mir immer, daß ich noch nicht in dem Stande sey, eine Frau erhalten zu können. Außer dem giebt er auch vor, daß ich nicht in Sie, sondern in Ihr Geld verliebt sey, und Gott weiß —

Wilh. Ich will Ihnen alles gerne glauben, aber bedenken Sie nur daß eine gehorsame Tochter sich dem Willen ihres Vaters unterwerfen muß. Ueberdieß muß ich Ihnen aufrichtig gestehen, daß ich bisher noch keine Lust zum Ehestande habe. Kömmt Zeit, kömmt Rath.

Schim. Da hab' ich wenig Hoffnung gutes Mädchen! denn wenn gleich Ihr Herr Vater seine Einwilligung gäbe; so würden Sie mich doch nicht lieben können, und was ist eine Ehe ohne Liebe — —

Wilh. Ein schönes Haus ohne Meublen wollen Sie sagen, Sie haben recht. Lassen Sie noch nicht Ihren Muth sinken. Wer weiß was geschieht lieber Herr Schimmer! Suchen Sie meinen Vater zu gewinnen. Vielleicht gewinnen Sie auch mich, wenn Sie ihn gewonnen haben, vielleicht! verstehen Sie mich recht? (Schimmer küßt Wilhelminen die Hand.)

Zwölfter Auftritt.

Bank, Siegl, Lene hinzu.

Bank. Du mußt itzt für dich sprechen, lieber Neffe!

Siegl. Ich muß itzt für mich sprechen, lieber Onkel!

Bank.

Bank. Sey unerschrocken.

Siegl. Erschrecken soll sie nicht, dafür ist mir gar nicht bange, aber ich fürchte mich nur.

Lene. Ich muß Ihnen schon drein helfen Herr Siegl. (zu Wilh.) Liebes Mamsellchen! Der Herr hier möchte so gerne mit Ihnen sprechen, aber — —

Wilh. Was befehlen Sie? Mit was kann ich Ihnen dienen?

Bank. Sey nicht so hageldumm Vetter, und sprich doch.

Siegl. (in dummer Verlegenheit) Gehorsamer Diener! ich bin nicht so hageldumm, ich spreche. Ich bin ein großer Liebhaber von Hunden. Ich will Ihnen ein Präsent mit einem schönen Windspiel machen, weil Sie so unvergleichlich schön sind, meine liebe Mamsell! Gehorsamer Diener!

Bank. Ist das alles, was du sagen kannst? Pfui schäme dich. Mamsell Wilhelmine! Die Liebe macht den jungen Menschen verwirrt. Er ist verliebt in Sie, liebes Mädchen!

Wilh. (das Lachen verbeißend) So?

Siegl. Ich bin verliebt in Sie, liebes Mädchen! so sehr, wie in meine — — Hunde.

Wilh. (für sich) Ein schönes Kompliment.

Lene. Sagen Sie, Sie wollen sie heurathen.

Siegl. Ich will Sie heurathen, wenn Sie mich, und meine Hunde lieben.

Wilh. Lacht.

Bank.

Bank. So geh' doch mit deinen Hunden. Nach jedem dritten Worte kommen die Hunde vor. (zu Wilh.) Er meynt es nicht so übel liebe Mamsell! Die Liebe hat ihn ganz außer sich gebracht.

Wilh. Der Herr hier soll doch sein eigener Freywerber seyn.

Bank. Sprich Vetter! sey dein eigener Freywerber. Ich lasse dich mit dem Mamsellchen allein. Komm Sie Jungfer Lene. (geht mit Lene ab)

Schim. (für sich) Zu todte könnt' ich mich über den Kerl ärgern.

Siegl. Hi hi hi! Gehorsamer Diener!

Wilh. (für sich) Da steht der Maulaffe! (laut) Nu Herr Siegl!

Siegl. Gehorsamer Diener!

Wilh. Weiter!

Siegl. Wollen Sie mich heurathen? Itzt iss's heraus. (für sich) Ich weiß, daß ich meine Sache gut gemacht habe. Der Onkel wird eine Freude haben, der wird eine Freude haben.

Wilh. Heurathen wollen Sie mich.

Siegl. Und das gleich auf der Stelle. (für sich) Itzt bekomm' ich Courage vor'm Teufel.

Wilh. Aber Sie müssen ja doch bevor wissen, ob ich Sie wohl auch heurathen will.

Siegl. Das ist eben die Frage.

Wilh. Wenn ich Ihnen nun aber sage, daß ich nicht heurathen will.

Siegl.

Siegl. Gehorsamer Diener! Wie Sie befehlen. Ich richte mich ganz nach Ihrem Willen. Wollen Sie mich nicht heurathen, so heurathen Sie mich nicht, und wollen Sie mich heurathen, so heurathen Sie mich. Nehmen Sie's grad, so nehm' ichs grad, nehmen Sie's verkehrt; so nehm' ichs verkehrt. Sie dürfen nur meinen Onkel fragen, der wird Ihnen gleich sagen, daß ich meine Sachen fein anstelle.

Bank. (der wieder kömmt.) Nu Neffe! seyd Ihr einig.

Siegl. Ich habe meine Sachen fein angestellt.

Bank. Also alles richtig, das ist ja recht brav.

Siegl. Alles richtig.

Bank. Das freuet mich unendlich.

Siegl. Mich auch. Sehen Sie, ich habs so gemacht: Will mich die Mamsell heurathen; so heurath' ich Sie auch, will Sie mich nicht heurathen, so heurath' ich Sie auch nicht.

Bank. Dummkopf!

Siegl. Ja ich stell' meine Sachen fein an, gehorsamer Diener!

Dreyzehnter Auftritt.

Frau und Herr Preißner und Lene hinzu.

Fr. Preißn. Ah! Sie da Herr von Bank. Ihre gehorsamste Dienerin. Nu Minnchen was machst du?

Wilh.

Wilh. (Ihr die Hände küßend.) Ich stehe zwischen zwey Feuer. Hier eins, dort eins. (auf die beyden Liebhaber zeigend.)

Preißn. Hast du gewählt?

Wilh. Nein, Papa!

Preißn. Nu so soll' ich wählen. Das werd' ich wohl bleiben lassen. Die Töchter wählen, und die Väter sagen: Amen, wenn die Wahl vernünftig ist, verstanden! nicht wahr alte Mama?

Fr. Preißn. Du hast recht lieber Mann!

Lene. (zu Schimmer leise.) Reden Sie doch mit der Madame Preißner.

Schimm. Madame! Werden Sie mir Ihre Einwilligung nicht versagen, wenn Mamsell Wilhelmine mit mir zufrieden ist?

Fr. Preißn. Nein!

Schimm. Und Sie Herr Preißner?

Preißn. Das wird sich erst geben. Sind Sie denn in dem Stande eine Frau anständig ernähren zu können.

Schimm. Wenn ich es nicht wäre, würd' ich mich unterfangen Ihnen beschwerlich zu fallen?

Preißn. Da läßt sich noch Manches reden.

Fr. Preißn. Lieber Herr Schimmer; ich will weder für, noch wider Sie seyn. Liebt Ihnen meine Tochter? — — — — — Sie schweigen. Darüber will ich Sie befragen. Wie ich die Sache finde, so werd' ich gegen Sie gesinnt seyn.

Bank.

Bank. (zu Siegel.) Mit dir will ich gar nichts mehr zu thun haben. Du Dummkopf! du Ausgearteter meiner Verwandtschaft.

Siegl. Wie Sie befehlen Herr Onkel! gehorsamer Diener.

Fr. Preißn. Kommen Sie meine Herren! (gehen alle ab bis auf Schimmer, und Lene, die zurück bleiben.)

Lene. Fassen Sie Muth! es geht noch alles gut. Ich sehe schon gute Aspekten.

Schimm. Hier ist etwas zur Erkenntlichkeit (gibt ihr Geld.)

Lene. Ergebenste Dienerinn, Herr Schimmer! (Schimmer geht ab.) Ein lieber kreuzbraver Herr! Er hat ein mildes Herz. Für ihn lief ich ins größte Feuer. Und doch säh' ichs gerne, wenn mein Herr Wilhelminen bekäme, nein, wenns Herr Siegl bekäme, nein nein! wenns Herr Schimmer bekömme; Ich muß ja für alle drey arbeiten, sonst wär' ich ja undankbar, und hielt mein gegebenes Wort nicht. Doch —eben fällt mir ein, daß ich zu dem gnädigen Herrn Ritter von Bäusback gehen muß. Er dauert mich. Und ist doch ein lieber fetter Herr. Er geht mir nicht aus dem Kopf. Wenn er sich mit mir so in einen kleinen Liebeshandel einließe, ich wich ihm nicht aus — — — Pfui Pfui! meine Unschuld — — — Ich glaub' der Satan, Gott sey bey uns bläßt mir wieder allerley in die Ohren. Der liebe fette Ritter he he he! (ab)

Viere.

Vierzehnter Auftritt.

(Zimmer im Gasthof.)

Bausback, Andreas.

Andr. Aber das war doch ein verfluchter Streich.

Bausb. Halts Maul! ich mag mich nicht daran erinnern.

Andr. Aber lustig bleibt die Sache doch. Sie vergeben mir gnädiger Herr! ich muß noch lachen, wenn ich daran denke, wie Sie aus dem verdammten Koffer gekrochen sind.

Bausb. Das sey aber auch die letzte Prellerey. Mich kriegen die Weiber nicht mehr d'ran.

Andr. Sehen Sie gnädiger Herr! ich dachte gleich Anfangs, daß Sie Verdruß haben würden. Warum richten sie ihre Sache nicht anderst ein, damit sie von allem Verdruß frey wären.

Bausb. O meine schöne Plane sind zu Luftschlössern geworden. Wie werd' ich meinen abnehmenden Finanzen aufhelfen.

Andr. Durch eine reiche Parthie. Heurathen Euer Gnaden.

Bausb. Bist ein Narr Kerl! Wer wird mich denn heurathen.

Andr. O für Ihren stattlichen Körper, gnädiger Herr! findet sich schon noch ein hübsches rasches Weibchen. Die dicken, fetten Herren stehen bey manchem Frauenzimmer in Eßtim.

Bausb. Ich will von keinem Weibe in der ganzen Welt mehr wissen.   **Andr.**

Andr. Wenn Sie nur Wort halten, gnädiger Herr! aber wie man eine Hand umkehrt —

Bausb. Soll' ich mich etwa wieder prellen lassen.

Andr. Wer weiß, ob man Sie geprellt hat. Zeit und Umstände haben die arme Madame dazu gezwungen so zu handeln. Vielleicht ist eben itzt ein Briefchen an Sie im Anmarsch. Lieber gnädiger Herr! auf unsere arme windige Börse. Ein Stein möchte sich erbarmen.

Bausb. Da wollen wir schon Rath schaffen.

Andr. Aber bald, so lang noch ein paar Schäfchen im Beutl sind. Warten bis es Mathä am letzten ist, wäre nicht rathsam. Sie kennen ja die Wiener Wirthe, gnädiger Herr! Es ist ein grobes Volk, und macht gar keinen Unterschied zwischen einem adelichen, und einem gemeinen Schuldner.

Bausb. Ja bey meiner Ehre, es ist wahr.

Page (kömmt.) Jungfer Lene will aufwarten.

Bausb. Sie mag kommen. (Page ab.) Andreas mach uns Platz (Andreas ab.) Die verdammte Cara mama!

Fünfzehnter Auftritt.

Bausback, Lene, Page.

Lene. Ganz gehorsamste Dienerinn, Euer Gnaden! Ich komme von der Madame Möllner.

Bausb. Die hat mir einen schönen Streich gespielt —

F   **Lene.**

Lene. Ach! du lieber Gott! die arme gute Frau kann nichts dafür. Sie hat Ihre Leute derb ausgescholten, weil sie Ihre Sache so übel gemacht haben. Sie mußte Euer Gnaden wegtragen lassen, um Sie von aller Gefahr zu sichern.

Bausb. Mich in dem Zimmer des Wirths absetzen zu lassen.

Lene. Das war wider den Befehl; denn Madame befahl Sie in Hochdero eigenen Zimmer absetzen zu lassen. Die verdammten Schurken von Bedienten.

Bausb. Was will sie weiter?

Lene. Euer Gnaden beruhigen.

Bausb. Da braucht's weiter keine Beruhigung mehr. Ich will von dem ganzen Handel nichts mehr wissen.

Lene. Wenn Euer Gnaden nur hören möchten, wie das arme Ding winselt, und seufzt und jammert, Euer Gnaden weiches Herz würde gewiß brechen, und das arme Madamchen entschuldigen. Ueberzeugen Sie sich selbst gnädiger Herr! wenn Sie meinen Worten nicht trauen, gehen Sie selbst hin.

Bausb. Um vielleicht wieder in die Falle gelockt zu werden. Nein, nein! da wird nichts daraus. (für sich.) Ich muß mich schon ein bischen unerbittlich stellen. (Laut.) Die Wachtl läßt sich nur einmal fangen, das zweytemal scheut sie die Netze.

Lene. O du mein Gott! wie können Euer Gnaden so was denken. Ihr Mann ist heute aufs Land gereist, und kömmt erst Morgen zurück. Sie läßt
Ihnen

Ihnen sagen, gnädiger Herr! sie würde Sie gewiß schadlos halten.

Bausb. Schadlos halten? Ja, wenn etwa wieder die Frau Preißner da wäre — Nein nein, ich gehe nicht.

Lene. Frau Preißner befindet sich kränklich, und wird auch gewiß nicht aus dem Hause gehen.

Bausb. Ey ey! was man nicht alles erdichtet!

Lene. Wenn mir Euer Gnaden nicht glauben wollen, so bleibt mir nichts übrig, als mich ganz gehorsamst zu empfehlen. (will ab)

Bausb. Noch ein Wort, liebe Jungfer Lene!

Lene. Was steht zu Befehl?

Bausb. Sag' Sie der Madame Möllner, daß mich nur Liebe wieder zu ihr führt. Sie soll daraus urtheilen, wie hoch ich sie schätze, und wie ich mit ganzer Seele an ihr hafte.

Lene. Also belieben Euer Gnaden heute Abends nach 6 Uhr zu kommen.

Bausb. Nach 6 Uhr? Ich komme gewiß.

Lene. Ganz gehorsamste Dienerinn! (im Abgehen) Ein lieber Herr! (ab, macht bey der Thüre wieder eine tiefe Verbeugung.)

Bausb. Willst du dich wieder prellen lassen, Bausback? Bausback, Bausback sey kein Narr! Du hast ja noch eine gute Weile von Herrn Bachs Gelde zu leben. Ich fürchte, ich fürchte deine Liebe führt dich noch recht in die Klemme. Doch wer wird so feigherzig seyn. Frisch gewagt ist halb gewonnen.

F 2   Pa:

Page. Herr Bach bittet vorgelassen zu werden.

Bausb. Ohne Umstände, er soll nur kommen.
(Page ab.)

Sechszehnter Auftritt.

Möllner verkleidet, Bausback.

Bausb. Ah! grüß Sie der Himmel, lieber
Herr Bach! Sie sind mir letzthin entwischt. Das
ist schön, das ist schön!

Mölln. Ich bitte um Vergebung, ich hatte
Eile. Wie stehts mit meinem lieben Weibchen,
der Madame Möllner?

Bausb. Die, oder vielmehr das Ungefähr hat
mir einen schönen Streich gespielt.

Mölln. Wie so Herr Ritter?

Bausb. Lassen Sie sich die ganze Geschichte erzählen. Es war ein abscheulicher Casus.

Mölln. Ich bin ganz Ohr.

Bausb. Nun stellen Sie sich vor. Ihr Mann,
der Schafskopf, hatte, ich weiß nicht von wem erfahren, daß ein Fremder im Haus wäre, er gieng des-
wegen um die Polizeywache. Eben wollt' ich mein
Liebchen küßen; denn wir hatten uns ewige Liebe ge-
schworen; so kam Frau Preißner mit einem entsetzli-
chen Lerm ins Zimmer, machte dem armen Weibe
Vorwürfe wegen der Untreue gegen ihrem Manne,
und erzählte ihr das Vorhaben des alten Möllner.
Ich hatte mich eben in das Seitenzimmer retirirt,
als Frau Preißner kam. Verbergen mußte man mich
auf

auf alle Fälle, die Weiber riethen mir in einen Koffer zu kriechen, welches ich auch that.

Mölln. In einen Koffer sind Sie gekrochen? (für sich) Verdammt!

Bausb. Hören Sie weiter: Mit harter Müh kam ich in den verdammten Koffer. Bedenken Sie nur, wie schwer es hält, bis ein solches Corpus wie das meinige eingepackt wird. Kaum war ich drinn, so kamen zwey Bediente die mich fortschleppten, und in dem Zimmer meines Wirths absetzten. Nun da war ich. Drinn bleiben konnt' ich nicht; denn ich glaubte zu ersticken, obschon der Koffer etwas offen war. Was wollt' ich thun, ich mußte nollens volens aus dem Koffer herauskriechen. Itzt hätten Sie das Spektakel sehen sollen. Was Teufel! schrien alle im Zimmer. Der Wirth, die Kellner und zwey Hausknechte. Der gnädige Herr im Koffer. Das ist ein Faschingstückchen riefen sie, schlugen in die Hände, und lachten aus vollem Halse? Der Wirth fiel in einen Lehnstuhl, stemmte die Hände in die keuchenden Seiten, und schien zu bersten. Aber ums Himmels willen, wie sind Euer Gnaden da hinein gekommen! sprach der Wirth. Ich brachte vor Schande kein Wort heraus, und gieng in der größten Verwirrung auf mein Zimmer. Da hört' ich noch immer laut lachen, in die Hände schlagen und schreyen: Ein Faschingstückl, ein Faschingstückl!

Mölln. Es thut mir leid, daß Sie in eine solche Verwirrung gekommen sind. Ja, da werd' ich wohl alle Hoffnung aufgeben müssen; denn Sie werden sich schwerlich mehr resolviren hinzugehen.

Bausb. Es hat keine Gefahr mehr. Madame Möllner ließ mich um Vergebung bitten, daß mir
der

der Streich paſſirt ſey. Sie wäre außer aller Schuld,
heute Abends nach 6 Uhr wolle ſie mich ſchadlos halten.

Mölln. (ſieht auf die Uhr) Es iſt bald ſechs
Uhr.

Bausb. Schon ſo ſpät. Da muß ich mich wohl
zurecht machen. Kommen Sie ein andermal nach
Ihrer Bequemlichkeit zu mir, ſo ſollen Sie alles
erfahren, was Sie zu wiſſen nöthig haben. Ich will
alles für Sie thun; ſeyn Sie nur ruhig. Wir werden den dummen Teufel von einem Manne zum
Schafkopf machen. (geht ins Seitenzimmer ab.)

Siebenzehnter Auftritt.

Möllner allein.

Träum' ich, oder wach' ich? Erwache alter
Dummkopf! Es iſt ein Loch in deinem beſten Kleide.
Freund Möllner! was ſagſt du dazu? Ja, ſo gehts,
wenn man ein Weib hat, ſo gehts wenn leere Koffer
im Hauſe ſind. Es ſoll mir in Hinkunft kein leerer
Koffer mehr im Hauſe ſtehen, und wenn er mit Kie-
ſelſteinen angefüllt werden müßte. Weg mit der
Maske, ich will itzt der ſeyn, der ich wirklich bin.
Er kann mir nicht mehr entwiſchen. In eine Pfef-
ferbüchſe kann er doch nicht kriechen. Alles will ich
durchſuchen, ſogar die Betten. Nicht ein Oertchen,
und ſey es noch ſo ſchmutzig, will ich vergeſſen. Unter dem Dache will ich herum kriechen, kurz, alles
aufſtöbern, was ſich aufſtöbern läßt. Was ich trage,
will ich nicht umſonſt tragen, will nicht umſonſt einen
ſo häßlichen Namen führen, als ich ihn leider führen
muß.

Ende des dritten Aufzugs.

Vier·

Vierter Aufzug.

Erster Auftritt.
(Großes Zimmer bey Möllner.)

Bausback, Frau Möllner in einem Domino
mit Hut.

Bausb. Dein Kummer hat mich ganz hingerissen. Hier auf meinen Knien bitt' ich um den holden Minnesold. Du bist das gefälligste Weibchen von der Welt; denn du versprachst mich schadlos zu halten. Du bist itzt vor deinem mürrischen Manne völlig sicher.

Fr. Mölln. Er ist auf dem Lande, und wird erst Morgen kommen. Wissen Sie warum Sie mich maskirt finden? Ich bin auf einen Hausball zur Madame Regau geladen, wollen Sie nicht auch mitgehen? Wir fahren um 10 Uhr zusammen in die Redoute.

Bausb. Das ist herrlich! Aber ich habe keine Maske.

Fr. Mölln. Dafür ist schon gesorgt. Auf meinem Zimmer ist eine recht saubere Calendeur = Maske für Sie in Bereitschaft.

Bausb. Aber man wird mich erkennen.

Fr.

Fr. Mölln. Nicht im geringsten. Diese Maske ist eine der unkenntlichsten.

Bausb. Da hast du recht. Heute wollen wir also recht lustig seyn. So schlug sie doch einmal, nach so vielen Gefahren die glücklichste Stunde.

Fr. Mölln. Die meine, und Ihre Wünsche krönen wird.

Bausb. Hörst Du Weibchen! Du siehst ja heute zum Fressen aus.

Fr. Mölln. Nie putzen sich die Weiber mehr, als wenn sie verliebt sind.

Bausb. Liebes Herzensweibchen! (will sie küßen.)

Fr. Mölln. Pfui Ritter! noch ists nicht Zeit.

Bausb. Ich versteh' Dich, hernach krieg aber alle Küße doppelt.

Fr. Mölln. So feurig, als Sie sie noch von keinem Frauenzimmer erhalten haben.

Bausb. Wenn nur Dein Mann nicht käm. Ich förcht' immer die Reise aufs Land sey nur ein Vorwand.

Fr. Mölln. Frau Preißner, und mehrere haben ihn ja heute zum Stubenthor hinausfahren sehen. Er mußte ja zu einer gewissen Herrschaft mit Juwelen.

Bausb. Bravo! so bin ich außer aller Gefahr.

Fr. Mölln. Ich höre die Preißner wieder kommen. Was die doch immer hier suchen mag, und ließ mir heute doch sagen, daß sie krank sey. Gehn Sie doch ins Nebenzimmer mein Lieber!

Bausb.

Bauob. (im Abgehen) Der Teufel mußte gerade die wieder herführen.

Zweyter Auftritt.

Frau Möllner, Frau Preißner maskirt in Domino.

Fr. Preißn. Sehen Sie Liebe! ich bin wieder frisch und gesund, und auch maskirt, weil Regau einen Hausball giebt. Wir wollen zusammen gehn.

Fr. Mölln. Es ist ja noch Zeit. Der Ball fängt sich vor halb 9 Uhr nicht an.

Fr. Preißn. Nu so wollen wir eins plaudern. Brockmann soll heute wieder den Klingsberg spielen. Wenn der Ball nicht wäre, so müßt' ich ihn heute wieder sehen; denn er spielt diese Rolle allerliebst. Aber wie kommen Sie mir vor liebe Freundinn! Sie sind ja ganz verlegen.

Fr. Mölln. Das ich nicht wüßte. (leise) Reden Sie nur recht laut.

Fr. Preißn. Haben Sie vielleicht wieder einen guten Freund bey sich.

Fr. Mölln. Was Sie nicht alles glauben. Ich habe keine Seele bey mir.

Fr. Preißn. Nu das freut mich ; denn ich wäre in tausend Aengsten mit Ihnen, liebe Freundinn! Man weiß nicht, ob es Ihren Mann nicht einfällt, noch diesen Abend zurückzukommen.

Fr. Mölln. Die Hausoffiziere der Herrschaft lassen ihn nicht weg. Sie haben ihn all' zu gern.

Fr.

Fr. Preißn. Wenn's so ist; so glaub' ich wohl selbst, daß er nicht kommen wird. Ihr Mann ist doch ein mürrischer Kauz, er schmäht auf alle beweibte Männer, verflucht alles, was Weib ist, schlägt sich vor die Stirne, und schreyt: Weiber, Weiber! Ich bin froh, daß Ritter v. Bausback nicht hier ist, itzt soll er seiner eigenen Thorheiten gewahr werden. Hör' ich recht — ein Gerassel von einem Wagen. Er bleibt stehen.

Fr. Mölln. Himmel! wenn das mein Mann wäre. Der Ritter ist hier. Wir sind verloren.

Fr. Preußn. Fort mit ihm, wenn er hier ist.

Ein Bedienter. Herr Möllner ist angekommen. Beym Aussteigen sagte er mir, er würde in einer halben Stunde hier seyn, er habe nur noch einige Verrichtungen. (ab.)

Preißn. Nun ist ihre Beschimpfung, und des Ritters Tod nahe; denn ihr Mann hat nichts Gutes im Sinn.

Fr. Mölln. Aber wie soll' ich ihn fortschaffen? o du mein armer Ritter. Ich weiß mir nicht zu helfen.

Fr. Preißn. Der Koffer ist noch beym Lammswirth, sonst —

Dritter Auftritt.

Bausback hinzu.

Bausb. Im Koffer kriech ich nicht mehr. Könnte ich nicht mit guter Art aus dem Hause kommen.

Fr.

Fr. Preißn. Wer weiß, ob nicht Bediente vor der Hausthüre warten. Ich glaub' eher als nicht.

Bausb. So bin ich verloren. Was soll' ich thun. Ich will in dem Schorstein kriechen.

Fr. Mölln. Da kommen Sie nicht hinauf. Was denken Sie wie hoch der Schorstein ist, und wenn Sie auch glücklich hinauf kommen; so findet Sie mein Mann doch; denn er sucht alles klein aus.

Bausb. Helfen Sie mir nur liebe Frauen.

Fr. Mölln. Wissen Sie was, ziehen Sie die Calendeur-Maske an. Wenn er auch kömmt, so geb' ich vor, Sie wären der Mann meiner Schwester, und werde sagen, Sie hätten mir versprochen mich auf den Ball zu begleiten. Gehen Sie, eilen Sie — (*Bausback geht ins Nebenzimmer.*)

Fr. Preißn. (*nicht zu laut.*) Itzt wollen wir den Herrn Ritter ein bischen allein lassen, und sehen was er macht. Kömmt Ihr Mann, so spielt er die Rolle mit ihm vollends aus.

Fr. Mölln. Wenn er mir nur glaubt, aber ich fürchte immer, er hält sich für betrogen.

Fr. Preißn. Das wird sich alles geben. Machen Sie nur, daß wir fort kommen, sonst kömmt uns der Wanst wieder auf den Hals. (*gehn ab.*)

Vierter Auftritt.

Von Bausback allein, maskirt.

Nun wär' ich fertig, meine Schönen! doch — wo sind denn die Weiber hin? sind Sie verschwunden.

den. Was soll das seyn. — — — Werden wohl
wieder kommen, freylich — — — Bin ich itzt ein
Derwisch, ein Ponze, oder was bin ich? Ein Calendeur bin ich ja! Was that der alte Jupiter nicht
seiner Schönen wegen. Bald verwandelt' er sich in
einen gefleckten Stier, bald in einen Schwann,
bald in einem ziegenfüssigen Satyr, bald in eine
Spinne, bald in einen goldnen Regen. Zwar hatte der heydnische Gott ganz andere Absichten, als
ich. Ihm rufte die sanfte Stimme der alles bele-
benden Liebe, mich der alles wirkende verborgene
Mammon. Indessen hat die Liebe bey mir doch
Ihren Theil, und suche das, was sich nicht auf ebe-
nen Wegen finden läßt, per fas & nefas. Ob es
erlaubt sey, oder nicht, sollen die Herrn Moralisten
entscheiden, die eine leere Börse haben; dann die
Herren mit dem vollen Beutl möchten wider mich
sprechen. Es heißt immer: Auri sacra fames,
quæ non mortalia cogis pectora! Wer kömmt.
Geschwind will ich meine Larve über das Gesicht
nehmen.

Fünfter Auftritt.

Lene hinzu.

Lene. (Bausbacken genau betrachtend.)
Ich kenne Sie schon meine schöne Maske; denn
ich bin eine Maskenkennerinn.

Bausb. (mit verstellter Stimme.) Sie
kennen mich gewiß nicht, weil ich auch nicht die Ehre
habe Sie zu kennen.

Lene.

Lene. Sie mögen Ihre Stimme noch so sehr ver-
stellen; so weiß ich doch, daß Sie der gnädige Herr
Ritter von Bausback sind.

Bausb. Weit gefehlt.

Lene. Demaskiren Sie sich nur, gnädiger Herr!
ich hab' Ihnen was sehr Wichtiges zu entdecken.

Bausb. (Nimmt geschwind die Larve
vom Gesicht) Mir?

Lene. Hab' ichs Ihnen nicht gleich gesagt, daß
ich Sie kenne. Sie schlimmer gnädiger Herr! daß
wir nur nicht behorcht werden. — — — — Ich
muß es Ihnen nur sagen, man hat Sie zum besten.

Bausb. Warum nicht gar? (für sich) die alte
Vetl!

Lene. Glauben Sie mir, gnädiger Herr! daß
Herz möchte mir bluten, wenn ich daran denke,
was man mit Ihnen vor hat.

Bausb. Was hat man mit mir vor?

Lene. Etwas Unerhörtes!

Bausb. Mach' Sie bald Jungfer sonst vergeht
mir die Geduld.

Lene. Warten Sie nur, gnädiger Herr! Es
ist was Abscheuliches, was Garstiges im Werk.

Bausb. Wirds bald?

Lene. Unter uns gesagt, man will Sie — — —
man will Sie — — —

Bausb. Nu?

Lene. Man will Sie, soll' ichs sagen.

Bausb.

Bausb. Nu freylich —

Lene. Man will Sie schimpflich aus dem Hause jagen.

Bausb. Warum hat Sie mir das nicht eher gesagt?

Lene. Ich dachte nie, daß die Sache so weit kommen würde. Aber grade itzt hört ichs von Madame Möllner, und Madame Preißner. Aus diesem schliessen Euer Gnaden auf meine große Hochachtung, die ich gegen Hochdieselben hege.

Bausb. Donner, und Wetter, so schändlich hat man mich betrogen! Wie kann ich itzt der Schande entgehen. Ich war doch ein rechter Thor.

Lene. Ich wüßte wohl ein Mittel, wenn —

Bausb. Rathe Sie mir, hilf' Sie mir.

Lene. Ich muß erst wissen, ob — —

Bausb. Nu?

Lene. Ob ich — — — Nein nein! ich will lieber schweigen, und leiden.

Bausb. Rede Sie frey.

Lene. Ich hab das Herz nicht. Das erstemal in meinem Leben —

Bausb. Ich bitte Sie um alles in der Welt, rede Sie. (für sich.) Ich möchte wetten, die Alte ist in mich verliebt. O du allerliebste Acquisizion.

Lene. Darf' ich Sie also fragen? wenn Sie wüßten, wie michs hier drückt, und ängstigt. Bin ich

ich — — — o du mein Gott! wie ſchwer! Bin ich — — — Euer Gnaden nicht — — — gleichgültig?

Bausb. Mir iſt Niemand in der Welt gleich=
gültig, weil ich alle als meine Nebenmenſchen be=
trachte.

Lene. Das iſt ganz recht, aber —

Bausb. Was will Sie dann mehr?

Lene. Ich meine, ob mich Euer Gnaden — — —
leiden können.

Bausb. Ich kann alle Menſchen leiden, die
mir nichts zu Leide thun.

Lene. Euer Gnaden ſind ein loſer Herr! Sie
weichen immer der Hauptſtraſſe aus. Ich kann — —
Euer Gnaden — — wohl leiden.

Bausb. Das freut mich.

Lene. Ich könnte Euer Gnaden wohl lieben.

Bausb. Ich Sie auch, wenn Sie mir nur erſt
den Rath geben möchte, wie ich von hier wegkom=
men kann.

Lene. O Sie lieber, lieber gnädiger Herr!
Ihnen zu Liebe ſpräng' ich ins Waſſer. Ich hab ſo
ein kleines Kapitälchen von 7000 fl. das ich mir
ehrlich, und mit vieler Mühe erworben habe. Wir
könnten ſo in Freundſchaft theilen, und ſo als: Mann
und Weib recht zufrieden leben.

Bausb. (für ſich.) Nu, ſie meint doch nicht,
daß ich ſie heurathen ſoll (laut) Was will Sie da=
mit ſagen?

Lene.

Lene. Ich möchte mit Ihnen so Hand in Hand durchs Leben wandeln.

Bausb. (für sich.) Was soll' ich thun? muß ich Ihr nicht alles versprechen, wenn ich aus dem verdammten Haus kommen will. (laut) Wir wollen es sehen, vielleicht kömmts noch dahin. Rathen Sie nur, ich will ja alles gerne thun, alles was Sie verlangen das ärgste — — — Sie heu — — — heurathen.

Lene. Lieber, süßer Mann. Nur ein Mäulchen!

Bausb. (für sich.) Nu in des Himmels Namen. (Küßt Sie.)

Sechster Auftritt.

Bank, Ende, Cotillion, Siegl, Bausback, Lene.

Cotill. Bravo, alte Lene!

Lene fährt auf, und thut einen Schrey.

Bausback nimmt eilends die Larve vors Gesicht.

Cotill. Sie ist gekommen, zu machen die Liebesprobe mit dieser Mask. Cett' bien drolle! Kann Sie auch küßen, alte Lene.

Lene. Einen Kuß in Ehren —

Cotill. Vous avez raison! Ein Kuß in Ehren. Seit wann hat Sie gelernt das Küßen? Sortez, ou diable m'emporte! Geh Sie nach Hause, und steck Sie die Nase in die Hauswirthschaft. Compreprenéz vous? Ich nicht hätte geglaubt, die alte Lene sey noch verliebt.···

Lene. Ich bin nicht verliebt.·

Cotill. Nicht? Ist eine Figur wie eine Poissarde in Frankreich, und doch will Sie charmiren, und karessiren. Mein Herr! (zu Bausb.) Ihre charmante Maitresse muß gehen nach Hause fortez donc! Sie ist mein Femme de chambre, ein erzböser Teufel. Va ten óu diable m'emporte!

Lene geht voll Scham ab.

Bank. Die arme Lene!

Cotill. Warum sie nicht hat mehr Delicatesse. Sie hätte konnen lernen von mir, wie man sich formiren in der Welt.

Bank (zu Ende) Ist der dort nicht Ritter v. Bausback?

Ende. Fast möcht' ich es selbst glauben. Was er wohl hier, und zwar maskirt zu thun haben muß?

Bausb. (für sich.) Ich steh' auf heißen Kohlen. Nun hab' ich eine doppelte Schande zu erleben.

Siegl. Hi hi hi! Ich werde mich auch maskiren. Wissen Sie lieber Herr Onkel! Ich habe schon eine Maskera erdacht, als Raubbär, da werd' ich in der Redoute recht herum brummen, und alle Frauenzimmer in Furcht und Angst bringen. Ist das kein guter Gedanke? Hi hi hi!

G   Bank.

Bank. Laß mich mit deinen guten Gedanken. Du machst mir Freuden Vetter!

Siegl. Mach' ich Ihnen Freuden? Gehorsamer Diener!

Cotill. (zu Bausb.) Aber warum Sie nicht sprechen? Und warum stehen, als wären Sie eine Statue?

Bausb. (mit verstellter Stimme) Weil ich nicht sprechen will.

Bank. Wahrhaftig der Ritter ists. (zu Bausback) Demaskiren Sie sich, man kennt Sie; als gute Freunde vom Hause dürfen wir Sie wohl ohne Larve sehen Herr Ritter!

Bausb. (nimmt die Larve herab) Gehorsamer Diener meine Herren! Ich bin der Ritter von Bausback, und empfehle mich allerseits. (will ab.)

Cotill. Bleiben Sie doch, Monsieur le Chevalier! (läßt ihn nicht weg.)

Bausb. Ich habe Eile, man erwartet mich. Ich habe mich mit Erlaubniß der Madame Möllner hier angekleidet, weil ich mit ihrem Herrn Schwager in die Redoute gehe. Die verfluchte alte Vetl! Ihre Femme de chambre hat mich mit Gewalt zum Kuß gebracht. Ich glaube, daß ich in dem Augenblick, als sie mich geküßt hat, alle meine Sünden bereut habe. Sie machte mir eine förmliche Liebeserklärung, sagte, sie hätte sich ein kleines Kapitälchen von 7000 Gulden in allen Ehren erworben, und mehr dergleichen.

Cotill.

Cotill. Was Sie sagen? Hat sie gemacht Ihnen eine Declaration d'amour! und gesagt, daß sie hätte 7000 Gulden Kapital. Pardieu! Ich sie muß setzen lassen in die Prißon. Pauvre Cotillion! que race des gens, pauvre Cotillion. Je suis malhereux sans comparaison! Je suis malhereux! (läuft hin und wieder) Ich gehe zu dem Chef de la police. Je vous rend grace, mon cher Chevalier! Sie haben mir aufgemacht die Augen. O que Canaille! (geht eilends ab.)

Bank. Das hätten Sie wohl auch nicht sagen dürfen. Sie machen ja die arme Alte unglücklich.

Ende. Verzeihen Sie mir, Herr! das war nicht christlich gedacht. Verzeihen Sie mir.

Siegl. Das war nicht christlich.

Bausb. (zu Siegl) O Sie ewiges Echo! Warum hat mich die Vetl zum Kuß gezwungen, wollte sie etwa kleine Tonadillas mit mir spielen. (*) Ich muß fort.

Bank. Bleiben Sie doch!

Siebenter Auftritt.

Preißner hinzu.

Preißner. (der eben zur Thüre herein kömmt, als Bausback hinaus will) Nur nicht so eilend maskirter Herr Ritter! Warten Sie

G 2   nur,

(*) Sind Arten von kleinen Intermezzo bey den spanischen Schauspielen, die in üppigen Scherzen und Küßen bestehen.

nur, das vergeß' ich Ihnen nicht, daß Sie mich heute nicht besuchten.

Bausb. Ich wills Ihnen ein andermal erzählen. Ich hab' Eile. Ein guter Freund erwartet mich in der Redoute.

Preißn. Vielleicht eine gute Freundinn. Ich lasse Sie nicht fort, Sie müssen noch mit mir plaudern. In die Redoute zu gehen ist noch lange Zeit.

Bausb. (für sich) Ich stehe in der größten Gefahr, wenn Möllner kömmt. (zu Preißn.) So lassen Sie mich doch!

Preißn. Meine, und des Herrn Möllners Frau haben mir ausdrücklich verbothen, Sie nicht wegzulassen, bis sie nicht kämen. Wir gehen en suite in die Redoute.

Bausb. (für sich) Nu das ist nicht übel. (will fort.)

Alle stehen vor, und lassen ihn nicht von der Stelle.

Preißn. Aber was plagt Sie denn in alle Teufel, daß Sie nicht bleiben wollen.

Bausb. Mir ist nicht zum besten, ich will nach Hause gehen, und mich zu Bette legen.

Preißn. (leise zu Bausb.) Gehen Sie beyleibe nicht weg. Es passen an der Hausthüre zwey handfeste Kerl auf eine Maske. Sie könnten diesen Händen unschuldigerweise in die Hände gerathen. Es wäre mir leid, wenn Sie Verdruß hätten. Sie kennen ja doch den groben Pöbel.

Ende.

Ende. Bleiben Sie Herr Ritter. Wir gehen heute alle in die Redoute.

Siegl. Bleiben Sie, ich gehe auch in die Redoute, maskirt als Raubbär.

Bank. Schweig!

Siegl. Wie Sie befehlen Herr Onkel! gehorsamer Diener. Aber meine Erfindung ist gewiß hübsch. Denken Sie nur auf die Purzelbäume die ich machen werde. Da muß ja alles vor L = chen krank werden.

Bank. Halts Maul, Neffe!

Siegl. Gehorsamer Diener.

Bausb. (für sich) Was wird noch alles mit mir geschehen! Die betrügerischen Weiber!

Achter Auftritt.

Cotillion hinzu gelaufen.

Cotill. Ich kann nicht finden die Bestie von einem Weibsbild. Sie ist nicht zu Hause. O que histoire facheuse! Ich sie hab gesucht überall im Hause, und par disgrace nicht gefunden. Rathen Sie meine Herren! was soll ich thun?

Preißn. Was giebts Herr Doktor?

Cotill. Meine alte Lene hat mich betrogen, bestohlen, filoutirt. Ich sie will lassen einsperren.

Preißn. Wie gieng das zu? War doch von jeher meine gute Freundinn.

Cotill.

Cotill. Diable! mà ami, und hatte heute gemacht eine Declaration d'amour dem Herr Chevalier de Bausback, sie ihn will haben zum Mari. Ist das Freundschaft?

Preißn. Ha ha ha! Wenn das ist, so gratulir' ich Herr Ritter!

Bausb. Ich bitte Sie, verschonen Sie mich.

Cotill. Und vollends der Kuß, den sie foi d'honett' homme erhalten hat, von dem Monsieur le Chevalier.

Preißn. Bravo! (lacht, und alle lachen mit, außer Cotillion.)

Bausb. Ich möchte in die Erde versinken vor Scham.

Preißn. Der Herr Ritter in amorosis. In dem Falle hab' ich ihn noch nicht kennen gelernt. Das hätt' ich sehen mögen! ha ha ha!

Cotill. Eine Affaire die gehört tout à droit in die chronique scandaleuse. Eine alte Poissarde küßt einen dicken Ritter. Aber der Herr Ritter mir hat erwiesen einen großen Dienst, weil er mir hat gesagt, von 7000 Gulden Kapital, welches seyn soll erspart von der alten Poissarde. Sie mich hat betrogen, bestohlen.

Bausb. Ich mag mich nicht mehr entschuldigen. Die Herren hier wissen schon meine Entschuldigung.

Preißn. Das wird sich schon alles geben, Herr Doktor.

Cotill.

Cotill. Das ist cette à dire unmöglich.

Preißn. Was unmöglich scheint, kann man möglich machen.

Cotill. La ingrate! Ich hab gesorgt für die alte Poissarde, wie ein Vater, und sie mich hat hintergangen. Ich will schon finden die Bestie! und dann soll sie werden gleich eingesperrt auf ihr ganzes Leben. Bey uns in Frankreich macht man nicht viel Ceremonie — — —

Preißn. Aber Herr Doktor! Sie müssen erst überzeugt seyn, ob Sie Lene wirklich bestohlen hat?

Cotill. Ueberzeugt — Das ist nicht nöthig. Woher hat sie die große Summe, wenn sie nicht hat gestohlen von mir?

Preißn. Sie wird sich wohl ausweisen können.

Cotill. Diable! Ich kann ihr nicht glauben.

Bausb. Von mir haben Sie nichts zu besorgen, Herr Doktor! Ich trete Ihnen Ihre alte Lene mit tausend Freuden ab, und will Ihnen noch erkenntlich seyn, wenn Sie mir sie vom Halse schaffen.

Cotill. Je suis bien obligé mon cher Chevalier! Ich mag nicht die Poissarde.

Preißn. Zeit und Weile sind ungleich, wer weiß —

Cotill. Ich muß die alte Lene sprechen. Sie hat sich gewiß versteckt.

Preißn.

Preißn. Sie gieng mit meinem Weibe, und der Frau Möllner aus. Sie werden gewiß bald hier seyn.

Cotill. Also patience par force!

Preißn. Die Geduld ist das beste, lieber Herr Doktor!

Neunter Auftritt.

Möllner hinzu.

Mölln. (der den Bausback erblickt.) Gut daß ich Sie treffe. Was machen Sie hier?

Bausb. Ah mein lieber Hr. Bach! sind Sie hier?

Mölln. Ich frage Sie ernstlich was Sie hier machen?

Bausb. Sind Sie also der Hauspatron in Abwesenheit des Herrn Möllner, das hab' ich nicht gewußt. Sie spielen Ihre Rolle recht brav, so recht diktatorisch. Das freut mich, das freut mich.

Mölln. Scherz bey Seite, Sie sehen in mir den eigentlichen Hausherrn! denn ich bin Möllner selbst.

Bausb. Sie spaßen.

Mölln. Vergeben Sie mir meine Herren! ich muß Sie mit dem Mann hier bekannt machen. Dieser Mann wollte braver Ehemänner Weiber verführen. Ich muß es zu meiner eigenen Schande gestehen, daß er meiner Frau Fallstricke legte,

und

und des Herrn Preißners Frau zu seinen Absichten leiten wollte.

Preißn. Bravo Ritter! haben Sie gewonnen? Ich glaube meine Frau wird Sie ziemlich in die Enge getrieben haben.

Bausb. steht wie angedonnert da.

Mölln. Ich verschone nur diese Herren, sonst würd' ich Ihnen auf eine Art begegnen, die Ihnen nicht am besten gefallen würde. Räumen Sie den Platz, und gehen Sie dahin, wo man grade zu gehen kann. Die Beschämung sey die Strafe Ihrer Niederträchtigkeit. Die Frauen haben mich von allen unterrichtet, haben mir gesagt, daß Sie schon eines Theils beschämt worden sind. Gehen Sie, verlassen Sie mein Haus und werden Sie klüger.

Bausb. Nur langsam! Sie machen aus einen kleinen Roman ein großes, übergroßes Verbrechen. Sind doch nicht alle Weiber in der Stadt so bewundernswürdige Lukrezien wie Madam Möllner, und Frau Preißner. Ich bin aufrichtig. Das erschreckliche Vacuum meiner Börse, hat mich zu diesen Schritt verleitet. Bin ein armer Teufl, stehlen kann ich nicht, Leute betriegen war nie meine Sache, aber hie, und da für die holde Minne von einem Frauenzimmer was erhaschen, hielt ich für keinen Betrug. Die Weiber opfern ja gerne, es heißt vicem, pro vice.

Preißn. Ihre Grundsätze, lieber Herr Ritter! sind nicht die besten. Der Himmel bewahre, daß Sie in einem sittlichen Staat ausgebreitet würden. Es gieng Ihnen mit Ihrem Plan so wie der Englän=

länder sagt: You count youn Chickens , before
they behatch'd. (*) Sie verstehen ja englisch?

Bausb. Freylich hab' ich die Rechnung ohne
Wirth gemacht. So gehts mit dem verdammten
Pianmachen! Ich will nach Hause reisen, und
meiner Vaterstadt erzählen, daß es in Wien ehrliche Weiber giebt.

Mölln. Haben Sie das nicht geglaubt?

Preißn. Wien hat noch mehrere brave Weiber,
die die Ehre Ihres Geschlechts sind.

Mölln. Nun bitt' ich Sie, daß Sie uns verlassen.

Bausb. Ich muß mich erst demaskiren, dann
gehorch' ich Ihnen willig.

Zehnter Auftritt.

Frau Möllner, Frau Preißner hinzu.

Fr. Mölln. So eine große Versammlung — —
— das freut mich. Wo ist dann unsre Maske.

Mölln. Er gieng eben ins Seitenzimmer, um
wie er sagte, sich zu demaskiren. Weibchen! der
ist beschämt!

Fr. Preißn. So recht! er verdient nichts beß-
seres.

Bausb.

(*) Deutsch: Ihr zählt die Hühnchen, bevor sie aus-
gekrochen sind.

Bausb. (aus dem Seitenzimmer.) Hier bin ich wieder, aber nicht als armer Derwisch, oder Calendeur, als Ritter von Bausback.

Fr. Mölln. Nu wie hat Ihnen der Ball gefallen Herr Ritter!

Bausb. Sie schlimme Frau! Sie haben mich doch tüchtig zum Narren gehabt.

Fr. Mölln. Ja wegen des Koffers in dem Sie krochen, und bey dem Lammswirth abgesetzt wurden. (Alle lachen laut.)

Bausb. O reden Sie nichts davon! Ich Esel! daß ich mich so prellen ließ.

Fr. Preißn. Wo haben Sie dann die Maske mit der Sie heute in die Reboute gehen sollten.

Bausb. Ich bitte Sie, verschonen Sie mich. Nie soll' mich ein Frauenzimmer mehr prellen. Bevor ich dieses Zimmer verlasse; so muß ich Sie Mesdames um Vergebung bitten, daß ich Ihrer Ehre so nahe getreten bin.

Fr. Mölln. Es ist Ihnen verziehen. Lernen Sie in Zukunft die Weiber besser kennen, und messen Sie nicht alle nach einem Maaßstabe.

Cotill. In Frankreich ist das nicht Mode. Man läßt frey spaziren den Galan zu sa Femme. In Deutschland ist man nicht discret.

Bank. Nehmen Sie diese Beschämung auch für die mir und meinen Neffen zugefügte Beleidigung.

Siegl. Beleidigung.

Bausb.

Bausb. geht beschämt ab.

Mölln. Nun haben wir reine Luft.

Eilfter Auftritt.

Wilhelmine, Schimmer und Lene hinzu.

Wilh. Lieber Papa! ich habe mit Herrn Schimmer einen Akord getroffen.

Mölln. Wie so Mädchen!

Wilh. Ich will ihm heurathen, wenn er mir
zugiebt, daß ich das Komando über ihn führen darf.

Fr. Mölln. Ein närrischer Akord — Gehen Sie
den Akord ein Herr Schimmer.

Schim. Ich geh' ihn ein! denn gieng ich ihn auch
itzt nicht ein, so müßt' ich ihn doch in der Folge
eingehen; dann die meisten Frauenzimmer thun es
einmal nicht anders.

Mölln. Bravo! Ich gebe meine Einwilligung.

Fr. Mölln. Ich auch, denn ich hab' schon
lange von Ihnen sehr viel Gutes gehört.

Wilh. und Schim. Tausend Dank! (küssen
den Eltern wechselweise die Hände.)

Bank. Siehst du Neffe, da fischt man dir deine Braut weg.

Siegl. Hab ich doch Bullenbeißer, Windspiele
Doggen.

Cotill. (zu Lene die ganz verblüft da steht.)
Bist du da, ich habe wollen dich lassen einsperren

Foi.

Foi de Cavalier. Wirſt du haben eine beſſere Conduite?

Lene. Ja.

Cotill. So will ich dich aufnehmen in Gnaden.

Lene. Lieber gnädiger Herr!

Cotill. Wer weiß was geſchieht, aber die 7000 fl. die du mir haſt geſtohlen.

Lene. Nur erſpart, für meinen gnädigen Herrn, wenn er mich einſt —

Preißn. Heurathen ſollte. Nicht wahr Jungfer?

Lene. Verſchämt und ſeufzend.

Cotill. Willſt du vergeſſen ganz den Ritter mit ſeiner großen Peripherie?

Lene. Gewiß!

Cotill. Nu Nu! (nimmt ſie bey der Hand.)

Preißn. Sie iſt ja eine alte Poiſſarde Herr Doktor.

Cotill. Non, für mon honneur non Monſieur.

Ende. Gott! ſegne Sie!